अमृत वाणी

अमृत वाणी

रामकृष्ण परमहंस

प्रभात
प्रकाशन

प्रकाशक
प्रभात प्रकाशन प्रा. लि.
4/19 आसफ अली रोड, नई दिल्ली–110002
फोन : 011–23289777 • हेल्पलाइन नं. : 7827007777
इ–मेल : prabhatbooks@gmail.com ❖ वेब ठिकाना : www.prabhatbooks.com

संस्करण
2025

पेपरबैक मूल्य
तीन सौ पचास रुपए

मुद्रक
आर–टेक ऑफसेट प्रिंटर्स, दिल्ली

★

AMRIT VANI
by Ramkrishna Paramhansa

Published by **PRABHAT PRAKASHAN PVT. LTD.**
4/19 Asaf Ali Road, New Delhi-110002

ISBN 978-93-5562-675-2

₹ 350.00 (PB)

रामकृष्ण परमहंस

रामकृष्ण परमहंस एक महान् विचारक थे, जिनके विचारों को स्वामी विवेकानंद ने पूरी दुनिया में फैलाया। रामकृष्ण परमहंस ने सभी धर्मों का हेतु एक बताया। उनका मानना था, सभी धर्मों का आधार प्रेम, न्याय और परोपकार है। उन्होंने एकता का प्रचार किया।

मानवीय मूल्यों के पोषक संत रामकृष्ण परमहंस का जन्म 18 फरवरी, 1836 को बंगाल प्रांत स्थित कामारपुकुर ग्राम में एक ब्राह्मण परिवार में हुआ। इनका परिवार बहुत गरीब था, लेकिन इनमें आस्था, सद्‌भावना एवं धर्म के प्रति अपार श्रद्धा एवं प्रेम था। इनके बचपन का नाम 'गदाधर' था। पिता का नाम खुदीराम और माता का नाम चंद्रमणि देवी था। उनके भक्तों के अनुसार, रामकृष्ण के माता-पिता को उनके जन्म से पहले ही अलौकिक घटनाओं और दृश्यों का अनुभव हुआ था। उनके पिता खुदीराम ने एक स्वप्न देखा, जिसमें भगवान् गदाधर (विष्णु के अवतार) ने उनसे कहा कि वे उनके पुत्र के रूप में जन्म लेंगे। उनकी माता चंद्रमणि देवी को भी ऐसा ही एक अनुभव हुआ। उन्होंने शिव मंदिर में अपने गर्भ में एक अलौकिक रोशनी को प्रवेश करते हुए देखा।

सात वर्ष की अल्पायु में ही गदाधर के सिर से पिता का साया उठ गया। ऐसी विपरीत परिस्थिति में पूरे परिवार का भरण-पोषण कठिन होता चला गया। आर्थिक कठिनाइयाँ आईं लेकिन बालक गदाधर का साहस कम नहीं हुआ। इनके बड़े भाई रामकुमार चट्टोपाध्याय कोलकाता में एक पाठशाला के संचालक थे। वे गदाधर को अपने साथ कोलकाता ले गए। रामकृष्ण का अंतर्मन अत्यंत निश्छल, सहज और विनयशील था। संकीर्णताओं से वे बहुत दूर थे। वे सदैव अपने कार्यों में लगे रहते थे।

उन्होंने राममागब साधुओं से 'राममंत्र' की दीक्षा ली और रामनाम की साधना

में व्यस्त हुए। हनुमानजी के रूप में अपने को मानते हुए भगवान् राम से साक्षात्कार हुआ। उन्होंने राधा भाव से साधना करते हुए कृष्ण से साक्षात्कार किया। इसलाम और ईसाइयत के सत्य को भी उन्होंने अनुभूत किया। ऐसे व्यक्ति को विवेकानंद का गुरु होने का सौभाग्य मिला।

दक्षिणेश्वर में श्रीरामकृष्ण परमहंस एक प्रख्यात ईश्वरप्राप्त व्यक्ति थे। वे माँ काली के उपासक थे। दक्षिणेश्वर में रहकर काली की पूजा-अर्चना करते हुए उन्होंने चार वर्ष के अंदर ही माँ काली का साक्षात्कार किया। उस समय उनका कोई गुरु नहीं था। केवल अंत:करण की विकलता से ही उन्हें काली का साक्षात्कार हुआ।

इनका बाल विवाह शारदामणि से हुआ था, लेकिन इनके मन में स्त्री को लेकर केवल एक मातृभक्ति का ही भाव था। इनके मन में सांसारिक जीवन के प्रति कोई उत्साह नहीं था, इसलिए ही सत्रह वर्ष की उम्र में उन्होंने घर छोड़कर स्वयं को माँ काली के चरणों में सौंप दिया। वे दिन-रात साधना में लीन रहते थे। इनकी भक्ति को देख सभी लोग अचरज में रहते थे। इनका कहना था कि माँ काली इनसे मिलने आती हैं। वे उन्हें अपने हाथों से भोजन कराते हैं। जब भी माँ काली उनके पास से जातीं, वे तड़पने लगते और एक बच्चे की भाँति अपनी माँ की याद में रुदन करते। उनकी इसी भक्ति के कारण वे पूरे गाँव में प्रसिद्ध थे। लोग दूर-दूर से उनके दर्शन के लिए आते थे और वे स्वयं दिन-रात माँ काली की भक्ति में लीन रहते थे।

उन्होंने 'परमहंस' की उपाधि प्राप्त की और मनुष्य जाति को अध्यात्म का ज्ञान दिया। रामकृष्णजी के 'परमहंस' उपाधि प्राप्त करने के पीछे कई कहानियाँ हैं। 'परमहंस' एक उपाधि है। यह उन्हीं को मिलती है, जिनमें अपनी इंद्रियों को वश में करने की शक्ति हो। जिनमें असीम ज्ञान हो और यही उपाधि रामकृष्णजी को प्राप्त हुई और वे 'रामकृष्ण परमहंस' कहलाए।

उनके विचारों से कई लोग प्रेरित हुए, जिन्होंने आगे चलकर इनका नाम और अधिक बढ़ाया। केशवचंद्र सेन, विजयकृष्ण गोस्वामी, ईश्वरचंद्र विद्यासागर, बंकिमचंद्र चटर्जी, अश्विनी कुमार दत्त इत्यादि महानुभाव उनके अनुयायी थे।

गले में कैंसर रोग हो जाने के कारण 15 अगस्त, 1886 को उन्होंने अपना शरीर त्याग दिया।

रामकृष्ण ने एक महान् विचारक एवं उपदेशक के रूप में निराकार ईश्वर की उपासना पर जोर दिया और मूर्ति-पूजा को व्यर्थ बताया। उनके ज्ञान के प्रकाश के

कारण ही उन्होंने नरेंद्र नाम के साधारण बालक को, जोकि अध्यात्म से बहुत दूर तर्क में विश्वास रखने वाला था, अध्यात्म का ज्ञान कराया, ईश्वरीय शक्ति से मिलन कराया और उसे नरेंद्रजी से 'स्वामी विवेकानंद' बनाया। उन्होंने राष्ट्र को एक ऐसा पुत्र दिया, जिसने राष्ट्र को सीमा के परे सम्मान दिलाया। जिसने युवावर्ग को जगाया और 'रामकृष्ण मिशन' की स्थापना कर देश में जागरूकता का अभियान चलाया और गुरुभक्ति का उदाहरण प्रस्तुत किया।

रामकृष्ण परमहंस के अनमोल वचन

- अगर मार्ग में कोई दुविधा न आए, तब समझना कि राह गलत है।
- एकमात्र ईश्वर ही विश्व के पथ-प्रदर्शक और गुरु हैं।
- कर्म के लिए भक्ति का आधार होना आवश्यक है।
- क्या तुम्हें मालूम है कि सात्त्विक प्रकृति का मनुष्य कैसे ध्यान करता है? वह आधी रात को अपने बिस्तर में ध्यान करता है, जिससे लोग उसे देख न सकें।
- खराब आईने में जैसे सूर्य की छवि दिखाई नहीं पड़ती, वैसे ही खराब मन में भगवान् की मूरत नहीं बनती।
- जब तक इच्छा लेशमात्र भी विद्यमान है, तब तक ईश्वर के दर्शन नहीं हो सकते। अतएव अपनी छोटी-छोटी इच्छाओं और सम्यक् विचार-विवेक द्वारा बड़ी-बड़ी इच्छाओं का त्याग कर दो।
- जब तक देश में एक भी व्यक्ति भूखा और निस्सहाय है, तब तक देश का हर एक व्यक्ति गद्दार है।
- जब हवा चलने लगी तो पंखा छोड़ देना चाहिए, पर जब ईश्वर की कृपादृष्टि होने लगे तो प्रार्थना-तपस्या नहीं छोड़नी चाहिए।
- जिसने आध्यात्मिक ज्ञान प्राप्त कर लिया, उस पर काम और लोभ का विष नहीं चढ़ता।
- धर्म सभी समान हैं। वे सभी ईश्वर-प्राप्ति का रास्ता दिखाते हैं।
- जिस प्रकार पानी और उसका बुलबुला एक ही चीज है, उसी प्रकार जीवात्मा और परमात्मा एक ही चीज है। अंतर केवल यह है कि एक परिमित है, दूसरा अनंत है। एक परतंत्र है, दूसरा स्वतंत्र है।
- मैले शीशे में सूर्य की किरणों का प्रतिबिंब नहीं पड़ता, उसी प्रकार जिनका

अंत:करण मलिन और अपवित्र है, उनके हृदय में ईश्वर के प्रकाश का प्रतिबिंब नहीं पड़ सकता।

- यदि तुम ईश्वर की दी हुई शक्तियों का सदुपयोग नहीं करोगे तो वह अधिक नहीं देगा, इसलिए प्रयत्न आवश्यक है। ईश-कृपा के योग्य बनाने के लिए भी पुरुषार्थ चाहिए।
- राजहंस दूध पी लेता है और पानी छोड़ देता है। दूसरे पक्षी ऐसा नहीं कर सकते। इसी प्रकार साधारण पुरुष माया के जाल में फँसकर परमात्मा को नहीं देख सकते, केवल परमहंस ही माया को छोड़कर परमात्मा के दर्शन पाकर देवी सुख का अनुभव करते हैं।
- विषयक ज्ञान मनुष्य की बुद्धि को सीमा में बाँध देता है और उन्हें अभिमानी भी बनाता है।

प्रस्तुत पुस्तक 'अमृत वाणी' में रामकृष्ण परमहंस के अनुभूत, प्रेरक आध्यात्मिक प्रसंगों का संकलन है। अपने विचारों को रामकृष्ण परमहंस सरल और सहज शब्दों में रखने के लिए जाने जाते हैं, जो इस पुस्तक से स्पष्ट हो जाता है। प्रस्तुत प्रसंग समाज के हरेक वर्ग के लिए उपयोगी हो सकते हैं। निस्संदेह यह एक संग्रहणीय पुस्तक है।

—प्रकाशक

अनुक्रम

रामकृष्ण परमहंस *5*

1. आध्यात्मिक उन्नति 13
2. विषयासक्ति पर विजय 15
3. साधक और कांचनरूपी विघ्न 18
4. अहंकार का दोष 20
5. 'पक्का मैं' और 'कच्चा मैं' 23
6. अहंकार पर विजय 24
7. सिद्धपुरुष का अहंकार 26
8. विद्या का यथार्थ उद्देश्य 28
9. संसारी जीव के लक्षण 31
10. साधक के प्रकार 36
11. यथार्थ साधक के लक्षण 39
12. संन्यासी का आदर्श 42
13. तीर्थयात्रा का महत्त्व 45
14. भगवन् नाम का माहात्म्य 47
15. दान-धर्म 50
16. अन्न-वस्त्र 51
17. नम्रता तथा स्वाभिमान 53

18.	सरलता	55
19.	वासना-त्याग	56
20.	प्रार्थना तथा भक्तिभाव	59
21.	ईश-प्राप्ति के विभिन्न पथ	62
22.	धर्मांधता दूर करें	64
23.	धर्मों के प्रति मनोभाव	66
24.	ईश्वरार्पण	69
25.	इष्ट की आवश्यकता	71
26.	सत्य	73
27.	ब्रह्मचर्य	74
28.	विवेक	75
29.	उद्यमशीलता	77
30.	साधना	80
31.	एकाग्रता तथा ध्यान	83
32.	ब्रह्म	87
33.	ईश्वर, माया, शक्ति	90
34.	ईश्वर मन में विराजमान	92
35.	साकार और निराकार	94
36.	कुछ ईश्वरीय रूप	97
37.	ईश्वर की सर्वव्यापकता	99
38.	नैतिक दायित्व	100
39.	ईश्वर दर्शन हेतु मनोभूमि	102
40.	कुंडलिनी तथा आध्यात्मिक जागृति	103
41.	नकली भावावस्था	106

42. ईश्वरीय रूप दर्शन तथा ध्वनिश्रवण 107
43. समाधि तथा ब्रह्मज्ञान 108
44. समाधि–अवस्था का मनोभाव 110
45. समाधि के पश्चात् होने वाला विज्ञान 112
46. विभिन्न प्रकार के सिद्धपुरुष 114
47. ईश्वरोपलब्धि के बाद की अवस्था 116
48. सिद्धि–प्राप्ति के लक्षण 117
49. सिद्धपुरुष 119
50. अच्छे और बुरे के पार 121
51. सिद्धपुरुष तथा कर्म 123
52. संसारासक्तों की दुर्गति 125
53. कामिनी का बंधन 129
54. सिफारिश 131
55. आध्यात्मिक उन्नति 134
56. धर्मत्व की समझ 136
57. गोहत्या का पाप 137
58. फुफकारना 138
59. मतांधता के दोष 140
60. भक्ति, विश्वास तथा शरणागति 142
61. भावावस्था 143
62. किसे पुकारूँ ? 144
63. भक्ति–भाव 145
64. ईश्वर की इच्छा 146
65. दीनता 147

66.	नाम–स्मरण	148
67.	सरल विश्वास	149
68.	ईश्वर पर विश्वास	150
69.	दृढ़ विश्वास	151
70.	भोग	152
71.	व्याकुलता	153
72.	समर्पण	154
73.	बंधन	155
74.	अहंकार चूर्ण	157
75.	रामजी की इच्छा	159
76.	जीवन का उद्देश्य	161
77.	जीव का सच्चा स्वरूप	165
78.	जीव तथा बंधन	168
79.	मृत्यु तथा पुनर्जन्म	171
80.	ब्रह्मशक्ति माया	172
81.	विद्या–माया	173
82.	अविद्या–माया	175

आध्यात्मिक उन्नति

जो ईश्वर-प्राप्ति के लिए साधना-भजन करना चाहते हैं, उन्हें कामिनी-कांचन की आसक्ति से बचने के लिए विशेष रूप से सावधान रहना चाहिए, अन्यथा उन्हें सिद्ध-अवस्था कभी नहीं मिल सकती।

नित्यानंदजी ने चैतन्य महाप्रभु से पूछा, "भाई, मैं जीवों को इतना प्रेम का उपदेश प्रदान करता हूँ, फिर भी उन पर इसका कोई असर क्यों नहीं होता?"

चैतन्यदेव बोले, "वे लोग स्त्री-संसर्ग करके सब खो डालते हैं, इसी कारण उच्च उपदेशों की धारणा नहीं कर पाते। सुनो नित्यानंद भाई, संसारी जीवों की कभी सद्‌गति नहीं होती।"

जब तराजू का एक पल्ला दूसरे पल्ले से भारी होकर झुक जाता है तो उसका निचला काँटा ऊपर वाले काँटे से अलग हट जाता है। इसी प्रकार जब मनुष्य का मन कामिनी-कांचन के भार से संसार की ओर झुक जाता है तो वह ईश्वर में एकाग्र नहीं हो पाता और वह उनसे दूर हट जाता है।

अगर घड़े में कहीं एक छोटा सा भी छेद रहे तो उसका सारा पानी धीरे-धीरे बह जाता है। उसी प्रकार साधक के भीतर यदि थोड़ी संसार-आसक्ति रह जाए तो उसकी सब साधना व्यर्थ हो जाती है।

कामवासना को पूरी तरह से वशीभूत करने की कोशिश करो। ऐसा करने में यदि कोई सफल हो सके तो उसके भीतर 'मेधा नाड़ी' नाम की एक नई सूक्ष्म नाड़ी उत्पन्न होती है (वह निम्नगामी शक्ति को ऊर्ध्वगामी बनाती है)। इस मेधा नाड़ी के खुलने के बाद ही सर्वोच्च परमात्म-ज्ञान प्राप्त होता है।

कामिनी-कांचन की वासना में मग्न हुआ मन, मानो कच्ची सुपारी की तरह है। सुपारी जब तक हरी रहती है, तब तक उसका गूदा खोपड़े के साथ चिपका हुआ रहता है। पर जब वह सूख जाती है तो खोपड़ी से अलग हो जाती है और खोपड़ी

को हिलाने से अंदर-ही-अंदर हिलती है। इसी प्रकार, जब कामिनी-कांचन की वासना सूख जाती है, तब आत्मा देह से बिल्कुल अलग ही अनुभूत होने लगती है।

मन जब भोग्य वस्तुओं की आसक्ति से मुक्त हो जाता है, तब वह ईश्वराभिमुख होते हुए ईश्वर में ही लीन हो जाता है। इस तरह बद्ध जीव भी मुक्त हो जाता है। जो ईश्वर से विमुख होकर दूर जाता है, वही बद्धजीव है। यदि जीव के मन में से कामिनी-कांचन की आसक्ति मिट गई तो फिर उसके लिए शेष ही क्या रह गया? केवल ब्रह्मानंद!

□

विषयासक्ति पर विजय

विषैले साँपों से भरे घर में रहने वाला व्यक्ति जैसे सदा सावधान रहता है, वैसे ही संसार में मनुष्यों को कामिनी-कांचन के मोहक आकर्षण से सदैव सावधान रहना चाहिए।

जैसे साँप को देखने से लोग कहते हैं, "माँ मनसा, तुम अपना मुँह न दिखाओ, पूँछ भर दिखाती हुई चली जाओ", वैसे ही जिनसे कामवासना उत्तेजित होने की आशंका हो, ऐसे प्रलोभनों से पहले ही दूर हो जाना उचित है, ताकि उनके संपर्क में आकर पतन न हो पाए।

एक बार एक साधक ने श्री रामकृष्णदेव से पूछा, "मैं इतनी धर्म-चर्चा करता हूँ, चिंतन-मनन करता हूँ, फिर भी समय-समय पर मन में कुभाव क्यों उठते हैं?"

श्री रामकृष्णदेव बोले, "किसी आदमी ने एक कुत्ता पाला था। वह रात-दिन उसी को लेकर मग्न रहता, कभी उसे गोद में लेता तो कभी उसके मुँह में मुँह लगाए बैठा रहता। उसके इस मूर्खतापूर्ण आचरण को देख एक दिन एक जानकार व्यक्ति ने उसे यह समझाकर सावधान कर दिया कि 'कुत्ते का इतना लाड़-दुलार नहीं करना चाहिए, आखिर जानवर की ही जात ठहरी, न जाने किस दिन लाड़ करते समय काट खाए!' इस बात ने उस आदमी के मन में घर कर लिया। उसने उसी समय कुत्ते को गोद में से फेंक दिया और मन में प्रतिज्ञा कर ली कि उसे अब कभी गोद में न लूँगा। पर भला कुत्ता यह कैसे समझे! वह तो मालिक को देखते ही दौड़कर उसकी गोद पर चढ़ने लगता। आखिर कुछ दिनों तक उसे पीटकर भगाते-भगाते तब कहीं उसकी वह आदत टूटी। तुम लोगों की भी वास्तव में यही दशा है। जिस कुत्ते को तुम इतने दीर्घ काल तक छाती से लगाते आए हो, उससे अब अगर तुम छुटकारा पाना भी चाहो तो वह भला इतनी

आसानी से क्यों छोड़ने चला! तब भी कोई हर्ज नहीं। अब से तुम उसका लाड़ करना छोड़ दो और अगर वह तुम्हारी गोद में चढ़ने आए तो उसकी अच्छी तरह से मरम्मत करो। ऐसा करने पर कुछ ही दिनों के अंदर तुम उससे पूरी तरह छुटकारा पा जाओगे।"

कामिनी और कांचन से सारे संसार को पाप पंक में डुबो रखा है। स्त्रियों की ओर यदि तुम भगवती जगदंबा की दृष्टि से देखो तो तुम उनके हाथ से बच सकते हो। जब तक कामिनी-कांचन की तृष्णा नहीं बुझ जाती, तब तक भगवान् के दर्शन नहीं हो सकते।

यदि एक बार कोई तीव्र वैराग्य द्वारा भगवान् की प्राप्ति कर ले तो फिर उसमें स्त्रियों के प्रति आसक्ति नहीं रह जाती। यहाँ तक कि घर में रहकर अपनी स्त्री से भी उसे कोई भय नहीं रहता। अगर लोहे के एक ओर बड़ा और दूसरी ओर छोटा चुंबक हो तो लोहे को कौन खींच सकेगा? निस्संदेह बड़ा चुंबक ही। ईश्वर बड़ा चुंबक है और कामिनी छोटा चुंबक। ईश्वर के आकर्षण के सामने भला कामिनी क्या कर सकती है?

अगर तुम साँप को पकड़ने जाओ तो वह तुम्हें अवश्य काट खाएगा; पर जो मंत्र जानता है, उसके लिए यह अत्यंत आसान बात है। वह यदि चाहे तो एक ही साथ सात साँपों को गले में लपेटकर खूब खेल दिखा सकता है। वैसे ही विवेक-वैराग्यरूपी मंत्र सीखकर यदि कोई संसार में रहे तो संसार की माया-ममता उसे बाँध नहीं सकती।

एक दिन एक मारवाड़ी भक्त दक्षिणेश्वर में श्रीरामकृष्णदेव के दर्शन करने आया और उसने उनकी सेवा के लिए दस हजार रुपए देने की इच्छा प्रकट की, परंतु श्रीरामकृष्णदेव ने इस पर तीव्र विरोध करते हुए कहा, "मैं तुम्हारे रुपए नहीं लूँगा, क्योंकि यदि मैं ये रुपए लूँ तो मेरा मन हमेशा उन्हीं की फिक्र में लगा रहेगा।" तब उस भक्त ने वह रुपया श्रीरामकृष्णदेव की सेवा के लिए उनके भानजे हृदय के नाम रखना चाहा। किंतु श्रीरामकृष्णदेव बोले, "नहीं, यह भी नहीं होगा। यह तो कपटाचार हुआ। और फिर मेरे मन में तो सदा यही भाव बना रहेगा कि यह मेरा ही रुपया है, अमुक के पास रखा गया है।"

उक्त भक्त फिर भी आग्रह करने लगा। उसने श्रीरामकृष्णदेव के ही वचन उद्धृत करते हुए कहा, "आप ही तो कहा करते हैं कि मन यदि तेल की तरह हो जाए तो फिर वह कामिनी-कांचनरूपी समुद्र में न डूबरकर ऊपर ही तैरता रहेगा।"

इस पर श्रीरामकृष्णदेव बोले, "सो तो ठीक है, पर तेल अगर बहुत ज्यादा देर तक पानी में तैरता रहे तो अंत में वह भी सड़ने लगता है। इसी तरह मन यदि कामिनी–कांचनरूपी समुद्र में तैरता भी रहे तो भी बहुत दीर्घ समय तक लगातार उसके संपर्क में रहने से अंत में वह अवश्य ही अशुद्ध हो जाएगा और उसमें से दुर्गंध आने लगेगी।"

□

साधक और कांचनरूपी विघ्न

धन कमाने की लालसा मनुष्य को ईश्वर के मार्ग से दूर ले जाती है। इस प्रसंग में श्रीरामकृष्णदेव ने एक बार अपने एक युवक शिष्य से कहा, "संसारी मनुष्य की तरह तू भी नौकरी कर रहा है, पर कुछ फर्क है। तूने अपनी माँ के लिए नौकरी स्वीकार की है। नहीं तो मैं कहता, 'छिह, छिह, तुझे धिक्कार है, धिक्कार है!" अंत में उन्होंने कहा, "केवल ईश्वर की ही सेवा-चाकरी करनी चाहिए।"

धन के लिए नौकरी करने से मनुष्य का कितना अध:पतन हो जाता है, इस संदर्भ में श्रीरामकृष्णदेव ने अपने एक युवक शिष्य का उल्लेख करते हुए कहा था, "उसके चेहरे पर कैसे स्याही सी छा गई है, मानो चेहरे पर एक काला परदा सा पड़ गया है! वह ऑफिस में काम करने लगा है न, इसीलिए ऐसा हुआ है। ऑफिस में हिसाब-किताब करना पड़ता है, और भी सैकड़ों किस्म के काम हैं, हमेशा उन्हीं की फिक्र लगी रहती है।"

रुपया भी एक बड़ी भारी उपाधि है। रुपया आते ही मनुष्य दूसरी तरह का बन जाता है, पहले जैसा नहीं रह जाता। पहले यहाँ (दक्षिणेश्वर में) एक ब्राह्मण बीच-बीच में आया-जाया करता था। वह वैसे तो बड़ा विनयी और नम्र मालूम होता, पर बाद में उसका आना-जाना बंद हो गया और न उसकी कोई खबर ही मिली। फिर एक दिन हम लोग कोन्नगर गए, हृदय साथ था। नाव से उतरते ही हमने देखा कि वह ब्राह्मण गंगा किनारे बड़े मजे में बैठा हुआ हवा खा रहा है। हमें देखकर वह बड़े गर्व भरे स्वर में बोला, "क्यों महाराज, कहो कैसे हो?" उसके पूछने का ढंग, उसकी आवाज सुनकर मैंने हृदय से कहा, "अरे हृदय! इस आदमी के पास धन हो गया है। देख, आवाज भी कैसे बदल गई है।" हृदय खूब हँसने लगा।

रुपए से दाल-रोटी भर का प्रबंध हो सकता है। उसे अपने जीवन का चरम उद्देश्य मत समझ बैठो।

कई लोग अपने धन-सामर्थ्य, नाम-यश या सामाजिक उच्च का पद का गर्व करते हैं; किंतु ये सभी दो दिनों के लिए हैं, मरते समय उनमें से कोई भी साथ नहीं आएगा।

ईश्वर दो बार हँसते हैं। एक बार उस समय, जब किसी को कठिन बीमारी हो गई हो और वह मरने ही वाला हो, और ऐसे समय वैद्य आकर रोगी की माता से कहे, "घबराओ मत माँजी, चिंता की कोई बात नहीं है; तुम्हारे बेटे को बचाने की जिम्मेदारी मेरे ऊपर है।" और दूसरी बार तब, जब भाई-भाई रस्सी पकड़कर जमीन का बँटवारा करते हुए कहते हैं, "इधर का हिस्सा मेरा और उधर वाला तेरा।"

धन का गर्व नहीं करना चाहिए। अगर कहो कि 'मैं धनी हूँ' तो तुमसे भी बढ़कर धनी हैं, ऐसे-ऐसे धनी हैं, जिनकी तुलना में तुम भिखारी जैसे लगोगे। साँझ होने के बाद जब जुगनू उड़ने लगते हैं तो सोचते हैं कि 'हमीं लोग इस दुनिया को उजाला दे रहे हैं।' पर ज्योंही तारे चमकने लगते हैं, त्योंही उनका सारा घमंड चूर हो जाता है। तब तारे सोचने लगते हैं कि 'हमीं लोग जगत् को प्रकाशित कर रहे हैं।' परंतु जब गगन में चंद्रमा का उदय होता है तो उनकी शुभ्र चाँदनी के सामने तारे, मानो लज्जा से मलिन हो जाते हैं। फिर चाँद मन-ही-मन सोचता है कि 'मेरे ही प्रकाश से उद्भासित होकर जग मानो मुसकरा रहा है।' परंतु देखते-ही-देखते पूर्व गगन को रंजित कर अरुणोदय हो जाता है और चंद्रमा मलिन होकर थोड़े ही समय में कहाँ अदृश्य हो जाता है।

अपने को धनवान समझने वाले लोग यदि प्रकृति के इन सत्यों पर विचार करें तो फिर उन्हें धन का घमंड नहीं रह जाएगा।

पुल के नीचे पानी आसानी से आता और बह जाता है, जमता नहीं; इसी प्रकार मुक्त पुरुष के हाथ में पैसा जैसे ही आता है, खर्च हो जाता है, जम नहीं पाता। धन जिसके लिए दास की तरह है, वही ठीक-ठीक मनुष्य है। जो धन का योग्य रीति से उपयोग करना नहीं जानता, वह 'मनुष्य' कहलाने लायक नहीं है।

□

अहंकार का दोष

सूर्य वैसे तो संसार को प्रकाश और ताप देता है, पर यदि वह मेघ से आच्छन्न हो जाए तो ऐसा नहीं कर पाता। इसी भाँति जब तक हृदय अहंकार के आवरण से आच्छादित रहता है, तब तक उसमें भगवान् प्रकाशित नहीं हो पाते।

यह 'अहं' मेघ की तरह है, इसी के कारण हम ईश्वर को नहीं देख पाते। यदि श्रीगुरु की कृपा से अहं-बुद्धि दूर हो जाए तो फिर पूर्ण ब्रह्म श्रीरामचंद्रजी हैं, किंतु बीच में सीता-रूपिणी माया का आवरण होने के कारण लक्ष्मण-रूपी जीव को ईश्वर राम के दर्शन नहीं होते।

प्रश्न—महाराज, हम लोग इस तरह बद्ध क्यों हुए हैं? हम ईश्वर को क्यों नहीं देख पाते?

श्रीरामकृष्ण—जीव का अहंकार ही माया है। यही अहंकार सब आवरण का मूल है। 'मैं' के मरने पर ही सारा जंजाल दूर होगा। अगर किसी को ईश्वर की कृपा से 'मैं कर्ता नहीं हूँ' यह ज्ञान हो जाए, तब तो वह विमुक्त ही हो गया। फिर उसे किसी बात का भय नहीं।

अगर मैं अपने को इस अँगोछे की ओट कर लूँ तो तुम मुझे नहीं देख सकते। पर मैं तुम्हारे बिल्कुल नजदीक ही हूँ। इसी भाँति और सभी चीजों की अपेक्षा ईश्वर ही तुम्हारे सबसे ज्यादा निकट हैं, किंतु इस अहंरूपी आवरण के कारण तुम उनके दर्शन नहीं पाते।

जब तक अहंकार रहता है, तब तक न ज्ञान होता है, न मुक्ति मिलती है; इस संसार में बार-बार आना-जाना पड़ता है।

जब तक अहंकार पूरी तरह नष्ट नहीं हो जाता, तब तक मनुष्य की मुक्ति नहीं। अहं के कारण बछड़े की कैसी दुर्गति होती है, देख! बछड़ा जनमते ही 'हम्बा' ('हम' 'हम') करने लगता है, इसीलिए तो उसे इतने क्लेश भुगतने पड़ते हैं। बड़ा

होते ही वह हल में जोता जाता है और उसे सुबह-शाम भारी हल चलाते रहना पड़ता है। इतना ही नहीं, कभी-कभी वह कसाई के हाथों काटा जाता है। उसका मांस खा लिया जाता है और उसके चमड़े से जूते बनते हैं, ढोल बनता है। लेकिन इतना होते हुए भी उसका अहंकार नहीं जाता। ढोल को इतना पीटा जाता है, पर वह 'हम' 'हम' के ही बोल निकालता है। इतने पर ही छुटकारा नहीं मिल जाता। अंत में उसकी अँतड़ियों से ताँत बनती है और धुनिया उसे अपने धनुहे में लगाकर रुई धुनकता है, तब जाकर वह 'तुहूँ' 'तुहूँ' ('तुम' 'तुम') कहने लगती है।

यह 'मैं' निकल जाकर उसकी जगह 'तुम' आ जाना चाहिए, परंतु आध्यात्मिक जागरण हुए बिना यह संभव नहीं। मुक्ति तभी मिलेगी, जब तुम्हारा 'मैं' पन चला जाकर तुम भगवान् में ही डूब जाओगे। मुक्ति कब होगी? जब 'मैं' चला जाएगा।

प्रश्न—मैं मुक्त कब होऊँगा?

उत्तर—जब तुममें यह 'मैं' नहीं रहेगा। 'मैं' और 'मेरा', यह अज्ञान है; 'तुम' और 'तुम्हारा', यह ज्ञान है। जो ठीक-ठीक भक्त होता है, वह सदा कहता है, 'हे प्रभो! तुम्हीं कर्ता हो, तुम्हीं सबकुछ कर रहे हो। मैं तो केवल तुम्हारे हाथों का यंत्र मात्र हूँ; तुम मुझसे जैसा करवाते हो, वैसा ही मैं करता हूँ। यह धन, ऐश्वर्य, यह जग तुम्हारी ही महिमा है। यह घर, यह परिवार सबकुछ तुम्हारा है, मेरा कुछ भी नहीं। मैं तुम्हारा दास हूँ। जैसा तुम्हारा हुक्म होगा, वैसी ही सेवा करने भर का मुझे अधिकार है।'

अहंकार पर विजय पाना आसान नहीं है। और सब अभिमान धीरे-धीरे चला जाता है, परंतु साधुत्व का अभिमान जाते नहीं जाता। जिस कटोरे में लहसुन पीसकर रखा जाता है, सौ बार माँजने पर भी उसकी गंध नहीं जाती। 'मैं' पन भी ऐसा ही पाजी है, चाहे कितनी ही कोशिश करो, वह जाते नहीं जाता।

अजीर्ण का रोगी अच्छी तरह जानता है कि अचार या चटनी उसके लिए हानिकारक है, किंतु फिर भी संग का गुण ही ऐसा है कि उन चीजों को देखने से ही मुँह में पानी आ जाता है। 'मैं' और 'मेरा' को दूर करने के लिए कितना ही प्रयत्न करो, पर प्रत्यक्ष व्यवहार के समय यह 'कच्चा मैं' न जाने कहाँ से आ ही जाता है!

यह सच है कि एक-दो जन को समाधि प्राप्त होकर उनका 'अहं' चला जाता है; परंतु साधारणतया 'अहं' नहीं जाता। लाख विचार करो, पर 'अहं' घूम-फिरकर फिर से हाजिर हो जाता है। पीपल का पेड़ आज काट लो, कल सुबह ही देखोगे कि फिर अंकुर निकल आया है।

जो अपना नाम-यश चाहते हैं, वे भ्रम में हैं। वे यह भूल जाते हैं कि एकमात्र ईश्वर की ही इच्छा से सबकुछ हो रहा है, वही सब का नियामक है। ज्ञानवान व्यक्ति कहता है, 'प्रभो,' 'तुम, तुम'; मूढ़ अज्ञानी ही 'मैं, मैं' करता है।

□

‘पक्का मैं’ और ‘कच्चा मैं’

‘मैं’ दो तरह का होता है, एक है ‘पक्का मैं’ और दूसरा ‘कच्चा मैं’। “जो कुछ मैं देखता-सुनता या महसूस करता हूँ, उसमें कुछ भी मेरा नहीं है, यहाँ तक कि यह शरीर भी मेरा नहीं है।” “मैं नित्य मुक्त हूँ, ज्ञानस्वरूप हूँ।”—यह ‘पक्का मैं’ है। “यह मेरा मकान है”, “यह मेरा लड़का है”, “यह मेरी पत्नी है”, “यह मेरा शरीर है”—यह सब ‘कच्चा मैं’ है।

“मैं प्रभु का दास हूँ”, यही सही भक्त का ‘मैं’ है, विद्या का ‘मैं’ है; इसे ‘पक्का मैं’ कहा जाता है।

‘दुष्ट मैं’ क्या है ? ‘दुष्ट मैं’ वह है, जो कहता है, “क्या ! वे मुझे नहीं जानते ? मेरे इतने रुपए हैं ! मेरे जितना बड़ा आदमी कौन है ? मेरी बराबरी करे, इतनी हिम्मत किसमें है ?”

जो ‘मैं’ मनुष्य को संसारी बनाता है, कामिनी-कांचन में आबद्ध करता है, वह ‘दुष्ट मैं’ है। जीव और ब्रह्म में भेद इसलिए है कि उनके बीच यह ‘मैं’ खड़ा है। पानी पर यदि एक लाठी डाल दी जाए तो पानी दो भागों में बँटा हुआ सा दीख पड़ता है। ‘अहं’ या ‘मैं’ ही यह लाठी है; इसे उठा लो तो जल एक ही रह जाएगा।

□

अहंकार पर विजय

'मैं' पर विचार करते-करते दिखाई देता है कि 'मैं' केवल एक शब्द भर है। किंतु फिर भी इसे दूर करना अत्यंत कठिन है। इसका कारण यही कहना चाहिए कि "अरे दुष्ट 'मैं'! तू जब किसी हालत में जाएगा ही नहीं तो फिर ईश्वर का दास बनकर रह!" "मैं ईश्वर का दास हूँ", यह 'पक्का मैं' है।

शंकराचार्य का एक शिष्य था। वह कई दिनों से उनकी सेवा कर रहा था, पर आचार्य ने उसे अब तक एक भी उपदेश नहीं दिया था। एक दिन शंकराचार्य अपने आसन पर बैठे हुए थे, ऐसे समय किसी के आने की आहट हुई। आचार्य ने पूछा, "कौन है?" शिष्य बोला, "मैं"। तब आचार्य बोले, "'मैं' यदि तुझे इतना ही प्रिय है तो उसे और बढ़ा ले (अर्थात् 'सारा जगत् मैं ही हूँ' यह धारणा कर ले), नहीं तो फिर उसे पूरी तरह त्याग दे।"

यदि देखो कि 'मैं' नहीं दूर होता तो रहने दो उसे 'दास मैं' बना हुआ। "हे ईश्वर! तुम प्रभु हो, मैं दास हूँ।" इसी भाव में रहो। "मैं ईश्वर का दास हूँ, भक्त हूँ।" ऐसे 'मैं' में दोष नहीं। 'दास मैं', 'भक्त का मैं' या 'बालक का मैं' ये सब, मानो जलराशि पर खींची गई रेखा के समान हैं। यह 'मैं' अधिक देर नहीं ठहरता।

मिठाइयों से रोग होता है, पर मिसरी में दोष नहीं। उसी प्रकार, 'कच्चा मैं' हानिकारक है, परंतु "मैं ईश्वर का दास या भक्त हूँ" इस तरह के 'पक्के मैं' में दोष नहीं है, बल्कि यह साधक के भक्तिपथ पर आगे बढ़ने का ही सूचक है। इसके द्वारा ईश्वर-लाभ होता है।

'दास मैं' वाले व्यक्ति की काम-क्रोधादि प्रवृत्तियाँ किस प्रकार की होती हैं?

अगर उसका भाव ठीक-ठीक हो तो उसकी पूर्व प्रवृत्तियों का केवल आकार मात्र रह जाता है। ईश्वर-प्राप्ति के पश्चात् यदि किसी का 'दास मैं' या 'भक्त मैं' बना रहा तो भी वह व्यक्ति किसी का अनिष्ट नहीं कर सकता। पारस पत्थर को छूने

पर तलवार सोना बन जाती है, तलवार का आकार तो रहता है, पर वह किसी की हिंसा नहीं कर सकती।

अगर तुम्हें अहंकार ही करना है तो 'मैं ईश्वर का दास हूँ, मैं ईश्वर की संतान हूँ', इस तरह का अहंकार करो। महापुरुषों का स्वभाव बालकों जैसा होता है। ईश्वर के समीप वे बालक हैं, इसलिए उनमें अहंकार नहीं रहता। उनकी सारी शक्ति ईश्वर की शक्ति है, पिता की शक्ति है, स्वयं की कुछ भी नहीं।

ईश्वर ही सबकुछ कर रहे हैं, वे यंत्री हैं, मैं यंत्र हूँ—यह विश्वास यदि किसी में आ जाए, तब तो वह जीवन-मुक्त ही हो गया। "हे प्रभो, तुम्हारा कर्म तुम्हीं करते हो, पर लोग कहते हैं, 'मैं करता हूँ'।"

जब तक 'मैं जानता हूँ' या 'मैं नहीं जानता' ये भाव हैं, तब तक व्यक्तित्व का बोध भी है। मेरी ब्रह्ममयी माँ ने कहा है, "जब मैं तुम्हारे 'अहं' को पूरी तरह मिटा दूँगी, तभी तुम्हें समाधि में मेरी अरूप सत्ता की, निरुपाधिक स्वरूप की उपलब्धि हो सकती है।" तब तक तो यह 'मैं' रहता ही है।

अपनी निम्न प्रकृति के साथ बहुत संग्राम करने के पश्चात् आत्मज्ञान के लिए तीव्र साधना करने के बाद ही समाधि-अवस्था प्राप्त होती है। समाधि होने पर 'मैं', 'मेरा' कुछ नहीं रह जाता। किंतु ऐसी समाधि बहुत मुश्किल है। 'मैं' बड़ा बलवान होता है, किसी तरह जाना नहीं चाहता। तभी तो हमें फिर-फिरकर संसार में जन्म लेना पड़ता है।

जब तक ईश्वर के दर्शन न हों, जब तक उस पारसमणि के स्पर्श से लोहा सोना न बन जाए, तब तक 'मैं कर्ता हूँ' यह भ्रम रहेगा ही; 'मैंने सत्कर्म किया', 'मैंने असत्कर्म किया' यह भेद-बोध रहेगा ही। यह भेद-बोध उन्हीं की माया है, और इसी के कारण यह संसार चल रहा है। विद्यामाया का आश्रय लेने पर सद्मार्ग पकड़कर चलने से उन्हें प्राप्त किया जा सकता है। जो ईश्वर को प्राप्त कर लेता है, उनके प्रत्यक्ष दर्शन कर लेता है, वही माया को पार कर सकता है। 'ईश्वर ही एकमात्र कर्ता हैं, मैं अकर्ता हूँ' यह विश्वास जिसे है, वही जीवनमुक्त है।

□

सिद्धपुरुष का अहंकार

क्या 'अहं' कभी पूरी तरह से नहीं जाएगा ? कमल की पँखुड़ियाँ समय पर झड़ जाती हैं, लेकिन उनका निशान रह जाता है। इसी प्रकार जब मनुष्य ईश्वर का साक्षात्कार कर लेता है, तो उसका अहंकार पूरी तरह नष्ट हो जाता है, पर उसका थोड़ा दाग रह जाता है, किंतु उस अहंकार से कोई अनिष्ट नहीं होता।

जिसने ईश्वर के दर्शन किए हैं, वही ठीक-ठीक ज्ञानी है। उसका स्वभाव बालक जैसा हो जाता है। बालक में भी अलग व्यक्तित्व होता है, अस्मिता होती है, परंतु वस्तुतः वह केवल आकारमात्र है। बालकों का 'अहं' बड़ों के 'अहं' की तरह हानिकारक नहीं होता।

कुछ महापुरुष सप्तम भूमि या समाधि की सर्वोच्च अवस्था में पहुँचकर भगवद्-बोध में विलीन हो जाने के बाद भी लोक-कल्याण के लिए उस भूमि से उतर आते हैं। समाधि के बाद भी वे इच्छापूर्वक विद्या का 'अहं' रख देते हैं। यह अहं का आभास मात्र है, यह पानी पर खींची गई रेखा के समान होता है।

रस्सी जल जाने पर भी उसका आकार बना रहता है, पर उसके द्वारा किसी को बाँधा नहीं जा सकता। इसी प्रकार ज्ञानाग्नि में दग्ध होकर अहं का भी केवल आकार भर रह जाता है।

मनुष्य सपने में यह देखकर कि कोई उसे काटने आ रहा है, मारे डर के हड़बड़ाकर उठ बैठता है। यद्यपि वह उठकर देखता है कि कमरा बंद है और अंदर कोई नहीं है, फिर भी कुछ समय तक उसकी छाती धड़कती रहती है। इसी भाँति यह 'मैं' पन या अभिमान चले जाने पर भी उसका कुछ जोर रह ही जाता है।

समाधि के बाद भी कोई-कोई 'मैं' को रख छोड़ते हैं—'दास मैं' या 'भक्त का मैं'। शंकराचार्य ने लोक शिक्षा के लिए 'विद्या का मैं' रख छोड़ा था।

हनुमानजी को ईश्वर के साकार और निराकार दोनों स्वरूप के दर्शन हुए थे, किंतु इन दर्शनों के बाद उन्होंने 'दास मैं' रख छोड़ा था। नारद, सनक, सनंदन, सनातन और सनत्कुमार आदि ने भी इसी तरह ब्रह्मदर्शन के बाद भी 'दास मैं', 'भक्त मैं' रख छोड़ा था।

एक भक्त—क्या नारदादि केवल भक्त थे या ज्ञानी भी थे?

श्रीरामकृष्ण—नारदादि को ब्रह्मज्ञान प्राप्त हुआ था, किंतु फिर भी वे कलनादिनी निर्झरिणी की तरह भगवद् महिमा का गुणगान करते हुए विचरण करते रहते थे। लोकशिक्षा और धर्मरक्षा के लिए उन्होंने 'विद्या का मैं' रख छोड़ा था। ब्रह्म में पूर्ण विलीन न होकर अपने अलग अस्तित्व का मानो थोड़ा चिह्न रख छोड़ा था।

एक बार श्रीरामकृष्णदेव ने अपने एक शिष्य से विनोद में पूछा, "क्यों, क्या तुम्हें मुझमें कोई अभियान नजर आता है? क्या मुझमें अभिमान है?"

शिष्य ने कहा, "जी महाराज, थोड़ा सा है, पर आप में उतना अभिमान इन कारणों से रखा गया है—पहला, देहधारण के लिए; दूसरा, भगवद्-भक्ति के उपभोग के लिए; तीसरा, भक्तों के साथ सत्संग करने के लिए; और चौथा, लोगों को उपदेश देने के लिए। फिर यह भी तो है कि इस 'अहं' को रखने के लिए आपने काफी प्रार्थना की है। वैसे देखा जाए तो आपके मन की स्वाभाविक प्रवृत्ति समाधि की ओर है। इसी से मैं कह रहा हूँ कि आप में जो 'अहं' या अभिमान बचा है, वह आपकी प्रार्थना का ही फल है।"

तब श्रीरामकृष्णदेव बोले, "ठीक है, लेकिन इस 'मैं' को बनाए रखने वाला मैं नहीं, जगदंबा है। प्रार्थना को स्वीकार करना जगदंबा के ही हाथ में है।"

□

विद्या का यथार्थ उद्देश्य

शास्त्र-ग्रंथ ईश्वर के निकट पहुँचने का मार्ग भर बताता है। एक बार मार्ग (उपाय) जान लेने पर फिर शास्त्र-ग्रंथों की क्या जरूरत? तब तो ईश्वर-लाभ के लिए स्वयं साधना करनी चाहिए।

किसी आदमी को गाँव से चिट्ठी मिली। उसमें रिश्तेदारों के यहाँ कुछ चीजें सौगात में भेजने की बात लिखी थी। चीजें मँगवाते समय उसने फिर एक बार उस चिट्ठी को देखना चाहा, ताकि उसमें लिखा सभी सामान ठीक-ठीक मँगाया जा सके, परंतु वह चिट्ठी नहीं दिखाई दी। तब उसने बहुत ही व्यग्र होकर चिट्ठी को खोजना शुरू किया। बहुत से लोगों के साथ मिलकर काफी देर तक ढूँढ़ने के बाद अंत में वह चिट्ठी मिल गई। तब उस व्यक्ति को बड़ा आनंद हुआ और उसने बड़ी उत्सुकता के साथ हाथ में चिट्ठी लेकर पढ़ना शुरू किया। उसमें लिखा था—'पाँच सेर मिठाई, सौ संतरे, आठ धोतियाँ और अमुक-अमुक सामान भेजना है।' यह जान लेने के बाद फिर चिट्ठी की जरूरत नहीं रही। चिट्ठी छोड़कर वह उन चीजों का प्रबंध करने चल दिया।

चिट्ठी की जरूरत कब तक है? जब तक उसमें लिखी वस्तुओं के विषय में न जान लिया जाए। एक बार वह जान लेने के पश्चात् अगला काम है, वह सब प्राप्त करने की चेष्टा करना।

इसी तरह, शास्त्रों में केवल ईश्वर के पास पहुँचने का मार्ग भर निर्दिष्ट रहता है, उनकी प्राप्ति के उपाय भर पाए जाते हैं। वह सब जान लेने के बाद, लक्ष्य प्राप्ति के लिए तदनुसार काम शुरू कर देना चाहिए। तभी वस्तु लाभ होगा।

जिसके द्वारा ईश्वर-प्राप्ति हो, वही 'परा विद्या' है। दर्शन, न्याय, व्याकरण आदि सारे शास्त्र केवल भार स्वरूप हैं, वे चित्त में भ्रम ही पैदा करते हैं। ग्रंथ मानो ग्रंथि (गाँठ) ही हैं। यदि वे ईश्वर का ज्ञान करा दें, तभी उनसे लाभ है।

कई लोग सोचते हैं कि पुस्तक नहीं पढ़ने से ईश्वर-विषयक ज्ञान नहीं होता, विद्या नहीं मिलती। परंतु पढ़ने से सुनना अच्छा है, और सुनने से भी अच्छा है, देखना। स्वयं पढ़ने के बजाय आचार्य के मुख से सत्य का श्रवण करने पर धारणा अधिक गहरी होती है; परंतु प्रत्यक्ष दर्शन का प्रभाव सबसे अधिक होता है। काशी के बारे में पढ़ने के बजाय जो काशी जाकर आया है, उसके मुख से सुनना ज्यादा अच्छा है; किंतु सबसे अच्छा तो यही है कि स्वयं अपनी आँखों काशी के दर्शन कर लिये जाएँ।

दो प्रकार के लोग आत्मज्ञान प्राप्त कर सकते हैं—एक तो वे, जो विद्या के बोझ से नहीं लदे हैं, जिनका मन दूसरों के उधार लिये हुए विचारों से नहीं भरा है; और दूसरे वे, जिन्होंने सारा शास्त्र, विज्ञान आदि पढ़ने के बाद यही जाना है कि 'हम कुछ भी नहीं जानते।'

लोग अपनी विद्या का घमंड करते हैं और भ्रम, अंधविश्वास आदि की निंदा करते हैं, परंतु जो सच्चा भक्त होता है, उसकी सहायता करने के लिए प्रेममय प्रभु सदैव तत्पर रहते हैं। अगर कुछ समय के लिए वह गलत राह पर भी चलता रहे तो भी उससे कुछ बिगड़ता नहीं। उसके हृदय की स्पृहा को प्रभु जानते हैं और अंत में पूर्ण कर देते हैं।

दो मित्र किसी अमराई में घूमने गए। उनमें से एक, जिसकी सांसारिक बुद्धि प्रबल थी, अमराई में पहुँचाते ही वहाँ कितने आम के पेड़ हैं, किस पेड़ पर कितने आम लगे हैं, समूची अमराई की कीमत कितनी होनी चाहिए, आदि नाना बातों का हिसाब करने लगा। दूसरे ने जानकर अमराई के मालिक के साथ मित्रता कर ली और एक पेड़ के नीचे बैठकर बड़े मजे से आम तोड़-तोड़कर खाने लगा। अब बताओ, इन दोनों में कौन बुद्धिमान है? आम खाओ! उससे पेट भरेगा। पेड़-पत्तों को गिनने और हिसाब-किताब करने से क्या लाभ? जो ज्ञानाभिमानी होते हैं, वे निरर्थक तर्क-युक्ति द्वारा सृष्टि की कारण मीमांसा आदि में ही व्यस्त रहते हैं, परंतु यथार्थ बुद्धिमान भक्तजन सृष्टिकर्ता परमेश्वर की कृपा प्राप्त कर संसार में परमानंद का उपभोग करते हैं।

यदि किसी में ज्ञानस्वरूपिणी वाग्देवी के ज्ञान की एक किरण भी आ जाए तो उसके सामने बड़े-से-बड़ा पंडित भी जमीन पर रेंगने वाले केंचुए जैसा हो जाता है।

'गीता' शब्द का लगातार उच्चारण करने से 'गी'…तागी तागी तागी…'

अर्थात् 'त्यागी, त्यागी' निकलने लगता है। अर्थात् गीता यही कहती है कि 'हे जीव! सर्वस्व का त्यागकर ईश्वर के पादपद्मों में चित्त लगा।'

दक्षिण भारत में तीर्थयात्रा करते समय एक स्थान पर चैतन्यदेव ने देखा कि एक पंडित गीता-पाठ कर रहा है और पास ही एक भक्त सुनते हुए आँसुओं की धार बहा रहा है। वास्तव में वह भक्त बिल्कुल निरक्षर था। वह गीता का कुछ भी नहीं समझ पा रहा था। बाद में चैतन्यदेव ने उससे रोने का कारण पूछा। उसने उत्तर दिया, "महाराज, यह सच है कि मैं गीता का एक अक्षर भी नहीं समझता, पर जब गीता का पाठ चल रहा था तो उस समय मुझे केवल यही दिखाई दे रहा था कि कुरुक्षेत्र के मैदान में रथ पर अर्जुन के सामने भगवान् श्रीकृष्ण की मनोहर मूर्ति विराजमान है और वे गीता का उपदेश दे रहे हैं। यह दृश्य देख मेरी आँखों से प्रेम और आनंद के आँसू रोके नहीं रुक रहे थे।"

इस निरक्षर व्यक्ति को सर्वोच्च ज्ञान प्राप्त हुआ था, ईश्वर का दर्शन-लाभ हुआ था, क्योंकि उसके हृदय में ईश्वर के प्रति सच्चा प्रेम था।

□

संसारी जीव के लक्षण

मनुष्य दो प्रकार के होते हैं—'मानुष' और 'मन-होश'। जो मनुष्य भगवान् के लिए व्याकुल होते हैं, वे 'मन-होश' हैं; और जो 'कामिनी-कांचन' के पीछे पागल बने रहते हैं, वे साधारण मानुष हैं।

जिस प्रकार एक ही किस्म का मुखौटा लगाकर कई तरह के लोग घूम सकते हैं, उसी प्रकार मनुष्य का चोला धारण कर घूमने वाले तरह-तरह के प्राणी पाए जाते हैं। ऊपर से सभी मनुष्य जैसे दिखाई देते हैं, पर कोई खतरनाक चीता है, तो कोई भयंकर रीछ; कोई धूर्त लोमड़ी है, तो कोई जहरीला साँप।

जिस प्रकार छलनी सारयुक्त वस्तुओं को छानकर बाहर निकाल देती है और असार वस्तुओं को अपने में रख लेती है, उसी प्रकार दुर्जन व्यक्ति अच्छी बातों को तो छोड़ देते हैं, पर बुरी बातें अपने में रख लेते हैं। सूप का स्वभाव इसके ठीक विपरीत होता है, सज्जनों का स्वभाव सूप ही की तरह सारग्राही होता है।

संसार में कुछ लोग ऐसे होते हैं, जिनके जीवन में किसी प्रकार का बंधन नहीं होता, किंतु ऐसा होते हुए भी वे स्वयं ही किसी-न-किसी वस्तु से नाता जोड़कर स्वयं को आसक्ति के बंधन में बाँध लेते हैं। वे मुक्त नहीं होना चाहते। अगर किसी व्यक्ति के स्वयं का कोई परिवार नहीं है, और न उस पर सगे-संबंधियों की देखरेख का भार ही है, तो वह कोई कुत्ता, बिल्ली, बंदर या तोता पाल लेता है और किसी तरह अपनी संसार-तृष्णा को तृप्त करना चाहता है। मनुष्य पर माया का ऐसा ही जबरदस्त प्रभाव है।

हाल ही में जनमा हुआ बछड़ा बहुत फुरतीला नजर आता है। वह अपनी माँ का दूध पीता है और दिन भर रस्सी में उछलता-कूदता रहता है। परंतु कुछ दिनों बाद, जैसे ही उसके गले में रस्सी बाँध दी जाती है, वह सूखने लग जाता है, उसकी सारी उमंग जाने कहाँ चली जाती है और वह दु:खी, मनहूस चेहरा लिये हीन नजरों

से ताकने लगता है। इसी प्रकार जब तक कोई युवक संसार के झंझटों से मुक्त रहता है, तब तक वह आनंद और उत्साह से पूर्ण रहता है, परंतु जैसे ही वह विवाह-बंधन में बँधकर संसार में फँस जाता है और उस पर अपने परिवार की जिम्मेदारी का बोझ लाद दिया जाता है, उसका सारा आनंद जाने कहाँ लापता हो जाता है! उसके चेहरे पर हताशा, उदासीनता और उद्विग्नता का भाव छा जाता है; उसके चेहरे की रौनक, गालों की लाली सब उड़ जाती है और चिंता के कारण ललाट पर बल पड़ जाते हैं। जो जीवन भर पवन की तरह मुक्त, खिले फूल जैसा ताजा और ओसकण जैसा पवित्र बालक बना रह सकता है, वही धन्य है।

जिस प्रकार छोटे बालक या बालिका को संभोग-सुख क्या है, यह नहीं समझाया जा सकता, उसी प्रकार विषयासक्त संसारी जीव को ब्रह्मानंद नहीं समझाया जा सकता।

संसारी जीव संसार में सदा असह्य दुःख-क्लेश भोगता है, किंतु फिर भी वह कामिनी-कांचन का चस्का छोड़कर भगवान् में मन नहीं लगा पाता। संसारी जीव को धर्म-प्रसंग नहीं सुहाता। वह स्वयं तो कभी भजन-कीर्तन या हरिनाम सुनता ही नहीं, बल्कि दूसरों को भी सुनते नहीं देता। वह धार्मिक संस्थाओं से बैर, धर्मात्माओं की निंदा करता है और कोई ईश्वर की उपासना करे तो उसकी हँसी उड़ाता है।

यहाँ भक्तों के साथ कभी-कभी विषयासक्त संसारी लोग भी आ जाते हैं, लेकिन उन्हें धर्म-संबंधी बातें बिल्कुल नहीं सुहातीं। अगर उनके साथी अधिक देर तक धर्म-प्रसंग सुनते रहें तो वे बेचैनी से अधीर हो उठते हैं और जाने के लिए उतावले होकर वे अपने साथियों को बार-बार कोंचते रहते हैं, "चलो न, और कब तक बैठोगे?" यदि उनके साथी न उठें और कहें कि "थोड़ा रुक जाओ, अभी चलेंगे", तो थोड़ी देर में उकताकर वे कहते हैं, "अच्छा, तो तुम यहीं बैठो, हम तब तक नाव पर बैठकर तुम्हारी राह देखते हैं।"

कबूतर के गले को ऊपर से टटोलने पर जैसे गले में भरे हुए मटर के दाने साफ महसूस होते हैं, वैसे ही विषयासक्त संसारी लोगों से बातचीत करते ही उनमें भरी हुई तरह-तरह की विषय-वासनाएँ स्पष्ट प्रतीत हो जाती हैं। दुर्जन व्यक्ति का मन घुँघराले बालों की तरह होता है। जिस प्रकार कितनी की कोशिश करो, पर घुँघराले बालों को सीधा नहीं किया जा सकता, उसी प्रकार दुर्जन व्यक्ति के मन को प्रयत्न करने पर भी सरल, शुद्ध नहीं किया जा सकता।

साधु का कमंडल चारों धाम घूम आता है, पर उसका कड़वापन ज्यों-का-त्यों ही रह जाता है। विषयी भाव का मन भी ऐसा ही होता है।

कच्ची मिट्टी से कुम्हार चाहे जैसी वस्तु गढ़ लेता है, परंतु मिट्टी यदि एक बार जलकर पक्की हो जाए तो उसके द्वारा गढ़ना नहीं हो सकता। इसी तरह, यदि हृदय विषयवासना की आग में एक बार जलकर पक जाए तो उस पर ईश्वरीय भावों का प्रभाव नहीं होता, उसे अभीप्सित आकार नहीं दिया जा सकता।

जिस प्रकार पत्थर पानी को नहीं सोखता, उसी प्रकार बद्ध जीव धर्मोपदेश को आत्मसात् नहीं करता है।

पत्थर पर कील ठोंकने से वह अंदर नहीं जाता, परंतु जमीन में आसानी से चला जाता है; इसी प्रकार सत्पुरुषों का उपदेश बद्धजीवों के हृदय में प्रवेश नहीं कर पाता, किंतु विश्वासी व्यक्तियों के हृदय में सरलता के साथ गहराई तक चला जाता है।

नरम मिट्टी पर आसानी से किसी वस्तु की छाप पड़ जाती है, पर पत्थर पर यह संभव नहीं होता; उसी प्रकार, भक्त के हृदय में ही ईश्वरीय तत्त्वों की छाप पड़ती है, बद्ध जीवों के हृदय में नहीं।

जिस प्रकार पुल के नीचे नाले का पानी एक ओर से आता है और दूसरी ओर से बहकर निकलता है, उसी प्रकार धार्मिक बातें बद्धजीवों के एक कान से भीतर प्रवेश करती हैं और दूसरे कान से बाहर निकल जाती हैं, उनका कोई प्रभाव नहीं पड़ता।

संसारासक्त व्यक्ति किस प्रकार का होता है? वह मानो हंडी में पाले हुए नेवले की तरह होता है। नेवला पालने वाले नेवले के लिए दीवार पर एक हंडी या गमला लटका देते हैं और नेवले के गले में एक रस्सी बाँधकर उसके दूसरे छोर में एक भारी ईंट बाँध देते हैं। नेवला हंडी में से निकलकर दीवार के नीचे उतरकर इधर-उधर घूमता है, पर जब आहट पाकर चौंक जाता है तो झट ऊपर चढ़कर हंडी में छिप जाता है। परंतु वह हंडी में अधिक समय तक नहीं रह पाता। उसके गले की रस्सी के दूसरे छोर पर जो ईंट बँधी होती है, उसका भार उसे नीचे खींच लाता है। संसारी जीव का भी यही हाल है। संसार के दुःख-कष्टों से पीड़ित हो, बीच-बीच में वह मजबूर हो, संसार से ऊर्ध्व उठकर भगवान् का आश्रय ग्रहण करता है, परंतु वह उस अवस्था में अधिक समय के लिए नहीं रह पाता, संसार रूपी ईंट के बोझ से वह फिर नीचे उतरकर संसार में मग्न हो जाता है।

गाँवों में धान के खेतों के किनारे में गड्ढे बनाकर उसमें बाँस के बने जाल लगा दिए जाते हैं। गड्ढे के अंदर चमकते हुए पानी की झलक को देख छोटी-छोटी मछलियाँ मारे आनंद के उसमें घुस पड़ती हैं; पर एक बार घुसने पर फिर वे उसमें से बाहर नहीं निकल पातीं, उसी में फँस जाती हैं। उसी तरह संसार की बाहरी चमक-दमक से मोहित होकर लोग उसमें प्रवेश कर जाते हैं और उसकी उलझन में फँसकर मारे जाते हैं। संसार के भँवर में प्रवेश करना आसान है, किंतु उसमें से बाहर निकल आना अत्यंत कठिन।

बद्ध जीवों, संसारी को किसी तरह होश नहीं आता। वे इतना दु:ख भोगते हैं, इतना धोखा खाते हैं, इतनी विपदाएँ झेलते हैं, फिर भी वे नहीं चेतते; उन्हें चैतन्य नहीं होता।

ऊँट कँटीली घास खाना बहुत पसंद करता है, किंतु जितना खाता है, उतना ही मुँह से खून गिरता है, फिर भी वह कँटीली घास खाता ही रहता है, उसे नहीं छोड़ता। संसारी लोग भी इतना शोक-ताप पाते हैं, परंतु कुछ ही दिनों के अंदर सबकुछ भूलकर ज्यों-के-त्यों हो जाते हैं। बीवी गुजर गई तो दूसरी शादी कर लेते हैं। बच्चा चल बसा, कितना शोक हुआ, पर कुछ ही दिनों में सब भूल बैठता है। बच्चे की वही माँ, जो शोक के मारे अधीर हो रही थी, कुछ दिनों बाद फिर केश सँवारती है, गहने पहनती है। ऐसा व्यक्ति बेटी के ब्याह में सारा धन खर्च कर बरबाद हो जाता है, फिर भी उसके घर हर साल बच्चे पैदा होते ही जाते हैं। मुकदमेबाजी में सबकुछ गँवाकर कंगाल हो जाता है, तो भी मुकदमा लड़ने के लिए सदा तैयार ही रहता है। जितने लड़के-बच्चे हुए हैं, उन्हीं को ठीक से खिला-पिला नहीं सकता, पढ़ा नहीं सकता, अच्छी जगह में रख नहीं सकता और ऊपर से हर साल बच्चा पैदा करता जाता है।

फिर कभी-कभी तो 'साँप-छछूँदर' वाली स्थिति हो जाती है—न निगल सकता है और न उगल ही सकता है। बद्ध जीव अगर कभी समझ भी गया कि संसार में कुछ सार नहीं है, अमड़े के फल की तरह सिर्फ गुठली और छिलका ही है, तो भी वह उसे छोड़ नहीं सकता, मन को ईश्वर की ओर नहीं लगा सकता।

अगर उसे संसार से हटाकर किसी अच्छे वातावरण में रखा जाए तो वह क्लेश से तड़प-तड़पकर मर जाएगा। विष्ठा का कीट विष्ठा में ही आनंद से रहता है, उसी में वह हृष्ट-पुष्ट होता है। अगर उसे चावल की हाँड़ी में रख दिया जाए तो वह मर जाएगा।

जिस हाँड़ी में एक बार दही जमाया गया हो, उसमें कोई दूध नहीं रखता कि कहीं वह फट न जाए! उस हाँड़ी को रसोई बनाने के काम में भी नहीं लाया जा सकता, क्योंकि चूल्हे पर चढ़ाने से उसके तड़ककर फूट जाने का डर रहता है। इस प्रकार वह हाँड़ी करीब-करीब बेकार ही हो जाती है। जो यथार्थ अनुभवी गुरु होता है, वह संसारी शिष्य को कभी ऊँचे और मूल्यवान उपदेश प्रदान नहीं करता; क्योंकि वह जानता है कि ऐसा करने पर शिष्य निश्चित ही उन उपदेशों का अर्थ उलटा समझकर अपनी कार्यसिद्धि के लिए उनका मनमाना प्रयोग करेगा। वह गुरु ऐसे शिष्य को कोई ऐसा काम नहीं बताता, जिसमें थोड़ी मेहनत लगे; जिससे कहीं शिष्य ऐसा न सोचने लगे कि गुरुजी अपने फायदे के लिए हमसे यह काम करवा ले रहे हैं!

इच्छा होते हुए भी मनुष्य संसार का त्याग नहीं कर सकता, क्योंकि वह पूरी तरह प्रारब्ध कर्म और पूर्व संस्कारों के वशीभूत होता है। एक बार एक योगी ने किसी राजा से कहा, "तुम इस वन में मेरे पास बैठकर भगवान् का ध्यान-चिंतन करो।"

तब राजा बोला, "नहीं महाराज, अभी भी मेरे भोग बाकी हैं। मैं आपके निकट रह तो सकता हूँ, मगर विषय-भोग की तृष्णा मेरे भीतर बनी ही रहेगी। अगर मैं इस वन में रहूँ तो हो सकता है कि यहीं पर एक राज्य बस जाए!"

□

साधक के प्रकार

पतंगें लाखों में एक-दो ही कटती हैं। इसी तरह सैकड़ों साधक साधना करते हैं, पर उनमें एक या दो ही भवबंधन से मुक्त हो पाते हैं।

'होमा' नामक चिड़िया बहुत ऊँचे आसमान में रहती है, धरती पर कभी नहीं उतरती। वह आसमान में ही अंडा देती है। अंडा नीचे गिरते हुए शून्य में ही फूट जाता है और उसमें से बच्चा निकलकर नीचे गिरने लगता है। पर वह तुरंत समझ लेता है कि वह नीचे गिर रहा है और झट ऊपर की ओर अपनी माँ के पास उड़ने लगता है। शुकदेव, नारद, ईसा, शंकराचार्य जैसे महापुरुष होमा पक्षी की तरह होते हैं। बाल-अवस्था ही में ये संसार के सभी बंधनों से मुक्त हो, सर्वोच्च ईश्वरीय ज्ञान के दिव्य ज्योतिर्मय राज्य में जा पहुँचते हैं।

योगी दो प्रकार के होते हैं—गुप्त योगी और व्यक्त योगी। जो गुप्त योगी होते हैं, वे गुप्त रूप से साधन-भजन किया ज़ाते हैं, लोगों को बिल्कुल पता नहीं चलने देते। और जो व्यक्त योगी होते हैं, वे योगदंड आदि बाह्य चिह्न धारण करते हुए लोगों के साथ आध्यात्मिक विषयों की चर्चा किया करते हैं।

पौधों में साधारणतः पहले फूल आते हैं, बाद में फल, परंतु लौकी, कुम्हड़े आदि की बेल में पहले फल और उसके बाद फूल होते़ हैं। इसी तरह साधारण साधकों को तो साधना करने के बाद ईश्वर-लाभ होता है, किंतु जो नित्यसिद्ध होते हैं, उन्हें पहले ही ईश्वर का लाभ हो जाता है, साधना पीछे से होती है।

लावे भूनते समय जो एक-दो लावे चटखकर तसले के बाहर जा गिरते हैं, वे ही सबसे सुंदर होते हैं, उनमें कोई दाग नहीं होता और बाकी जो लावे तसले में रहते हैं, उन पर कहीं-न-कहीं दाग लग ही जाता है। साधना करते हुए जो साधक संसार का संपूर्ण रूप से त्याग कर बाहर चले जाते हैं, वे ही पूर्ण बेदाग सिद्ध बन पाते हैं; जो संसार में रहकर सिद्ध बनते हैं, उनमें कुछ-न-कुछ दाग रह ही जाता है।

सूरज उगने के पहले दही को मथने पर जितना अच्छा मक्खन निकलता है, दिन चढ़ने पर वैसा नहीं निकलता। अपने अंतरंग युवक भक्तों को संबोधित कर श्रीरामकृष्णदेव कहा करते थे, "तुम लोग सूर्योदय के पहले निकाले गए मक्खन की तरह हो; और गृहस्थ भक्त दिन चढ़ जाने पर निकाले गए मक्खन की तरह हैं।"

जैसे कच्चे बाँस को आसानी से झुकाया जा सकता है, पर पक्का बाँस जबरदस्ती झुकाए जाने पर टूट जाता है, वैसे ही युवकों का मन सरलता से ईश्वर की ओर ले जाया जा सकता है, परंतु बड़े-बूढ़ों के मन को उस ओर झुकाने की कोशिश करने पर वे भाग खड़े होते हैं।

तोते के गले में कंठी निकल आने पर उसे नहीं पढ़ाया जा सकता। जब तक वह बच्चा रहता है, तभी तक आसानी से पढ़ना सीखता है। इसी तरह मनुष्य के बूढ़ा हो जाने पर उसका मन सहज में ईश्वर में स्थिर नहीं होता। बचपन में मन थोड़े ही प्रयत्न से आसानी से स्थिर हो सकता है।

पका हुआ साबुत आम भगवान् के भोग में और अन्य सभी कामों में आ सकता है; पर वह अगर कौए द्वारा ठुनका हुआ हो तो किसी काम में नहीं आता। ऐसा दागी फल न तो देवता के भोग में चढ़ता है, न ब्राह्मण को दान दिया जा सकता है और न स्वयं के खाने के काम में लाया जा सकता है। इसीलिए पवित्र हृदय बालकों और युवकों को धर्ममार्ग पर ले जाने का प्रयत्न करना चाहिए, उन्हें भगवान् की सेवा में लगाना चाहिए; क्योंकि उनके मन में विषय-वासना की कालिमा नहीं लगी होती। अगर मन में एक बार विषयबुद्धि प्रवेश कर जाए या विषयभोग रूपी विकट राक्षस की विकराल छाया पड़ जाए, तो फिर उसे परमार्थ-पथ पर ले जाना अत्यंत दूभर हो जाता है।

बालक का मन सोलहों आना अपने वश में रहता है। (उम्र बढ़ने पर धीरे-धीरे मन कई भागों में विभक्त हो जाता है।) विवाह होते ही उसका आठ आना हिस्सा पत्नी के वश में चला जाता है, फिर संतान होने पर चार आना उनमें बँट जाता है, बचा हुआ चार आना मन माँ-बाप, मान-सम्मान, वेशभूषा, ठाट-बाट आदि में लगा रहता है। भगवान् में लगाने के लिए कुछ बचता ही नहीं। इसीलिए छोटी अवस्था में ही मन को भगवान् की ओर लगाया जाए तो सहज में भगवान् की प्राप्ति हो सकती है, परंतु उम्र बढ़ जाने के बाद यह अत्यंत कठिन हो जाता है।

यदि तुम पूछो कि संसाराश्रम के ज्ञानी और संन्यासाश्रम के ज्ञानी में कोई अंतर है या नहीं, तो मैं यही कहूँगा कि दोनों एक ही हैं। दोनों में एक ही ज्ञान विद्यमान

है। केवल इतनी बात है कि संसार में रहने वाले ज्ञानी के लिए थोड़ा भय रहता है। कामिनी और कांचन के भीतर रहने से कुछ-न-कुछ पतन का भय रहता ही है। तुम कितने भी बुद्धिमान होओ, कितने भी सावधान रहो, पर काजल की कोठरी में रहने से तुम्हारे शरीर पर थोड़ा सा काला दाग लग ही जाएगा।

प्रश्न—सात्त्विक, राजसिक और तामसिक पूजा-उपासना में क्या अंतर है?

उत्तर—जो तनिक भी दिखावा या आडंबर न करते हुए हृदय की गहराई से आंतरिक भक्तिपूर्वक भगवान् की उपासना करता है, वह 'सात्त्विक उपासक' है। जो पूजा-अनुष्ठान के उपलक्ष्य में घर की सजावट, नृत्य-गीत धूमधाम, उत्तम भोज आदि आडंबरों की ओर अधिक ध्यान देता है, वह 'राजसिक उपासक' है। जो देवता के सामने सैकड़ों बकरों की बलि चढ़ाता है, मांस-मदिरा आदि का भोग लगाता है और पूजा के नाम पर नाचने-गाने में ही मग्न रहता है, वह 'तामसिक उपासक' है।

□

यथार्थ साधक के लक्षण

चकमक पत्थर अगर सैकड़ों साल पानी में पड़ा रहे, फिर भी उसके भीतर की अग्नि नष्ट नहीं होती। पानी से बाहर निकालकर उस पर लोहे से चोट मारते ही उसमें से चिनगारियाँ निकलने लगती हैं। यथार्थ विश्वासी भक्त भी इसी तरह का होता है। हजारों अपवित्र विषयी लोगों से घिरा रहने पर भी उसके विश्वास या भक्ति की तनिक भी हानि नहीं होती। भगवान् का नाम, भगवत् प्रसंग सुनते ही वह प्रेममत्त हो उठता है।

जिस प्रकार कसौटी पर घिसते ही सोने और पीतल का भेद खुल जाता है, उसी प्रकार दुःख, क्लेश और विपदाओं में पड़ने पर सच्चे साधु और पाखंडी का भेद खुल जाता है।

रेल का इंजन स्वयं आगे बढ़ते हुए अपने साथ आसानी से कितने ही माल से भरे डिब्बों को खींच ले जाता है। इसी तरह, ईश्वर के विश्वासी भक्त सिर पर संसार के दुःख-कष्टों का बोझ होते हुए भी ईश्वर पर दृढ़ विश्वास और भक्ति रखकर भवसागर से आसानी से पार हो जाते हैं। इतना ही नहीं, वे अपने साथ और भी अनेक व्यक्तियों को ईश्वर की ओर ले जाते हैं।

विषय सुखों के प्रति आकर्षण कब नष्ट होता है? जब मनुष्य समस्त सुखों के समष्टिस्वरूप, अखंड सच्चिदानंद को प्राप्त कर लेता है, तब। जो उस आनंदस्वरूप का उपभोग करते हैं, उन्हें संसार के तुच्छ विषय-सुखों के प्रति आकर्षण नहीं होता।

जिसने एक बार असल मिश्री का स्वाद चखा है, उसे क्या सस्ते गुड़ का स्वाद भाएगा? जो एक बार ऊँची अटारी में सो चुका है, क्या उसे फिर गंदी झोंपड़ी में सोना अच्छा लगेगा? इसी तरह, जिसने एक बार ब्रह्मानंद का स्वाद चखा है, वह क्या कभी तुच्छ विषयानंद में रम सकेगा?

जो राजा की प्रेयसी होती है, वह क्या किसी भिखमंगे से प्रेम-याचना करेगी? जिसने भगवान् की कृपा-दृष्टि पाई है, वह क्या कभी संसार के विषयों पर आसक्त होगा?

सूप का स्वभाव है, थोथे और असार को फेंककर सारवान वस्तु को रख लेना। सत्पुरुषों का स्वभाव भी ऐसा ही होता है।

अगर शक्कर और बालू मिली हुई हो तो चींटी उसमें से बालू को छोड़ शक्कर को ही ग्रहण करती है। इसी तरह परमहंस और सत्पुरुषगण अच्छे और बुरे के मिश्रण में से अच्छे को ही ग्रहण करते हैं।

प्रवाह का जल वेग से बहता हुआ, किसी-किसी स्थान पर थोड़ी देर भँवर में घूमने लगता है, परंतु फिर शीघ्र ही वह सीधी गति में वेग के साथ बह निकलता है। पवित्र हृदय, धार्मिक व्यक्तियों का मन भी कभी-कभी दुःख, निराशा, अविश्वास आदि के भँवर में पड़ जाता है, पर वह अधिक देर तक उसमें अटका नहीं रहता, शीघ्र ही उससे छूटकर आगे निकल जाता है।

साधक की शक्ति किसमें है? साधक ईश्वर की संतान होता है और बालकों की तरह रुदन ही उसका बल होता है।

दाद को जितना खुजाओ, उतनी ही और खुजाने की इच्छा होती है और उतना ही ज्यादा आराम मिलता है। इसी तरह, भक्त भी भगवान् का गुणगान करते नहीं अघाते।

एक बार भगवान् का नाम सुनते ही जिसके शरीर में रोमांच उत्पन्न होता है और आँखों से प्रेमाश्रु की धार बहने लग जाती है, उसका यह निश्चित ही आखिरी जन्म है।

यदि साधक को कोई दुष्ट स्त्री अपने मोहजाल में फँसा ले तो क्या होगा? जिस प्रकार पके आम को मुँह की ओर से दबाने पर गुठली और गूदा फट से निकलकर दूर छिटक जाता है, हाथ में केवल छिलका ही रह जाता है, उसी प्रकार, ऐसी स्त्री के हाथ पड़ते ही साधक का मन झट ईश्वर में चला जाता है, देह भर ही वहाँ पड़ी रह जाती है।

जो सबकी दृष्टि से दूर एकांत में भी 'भगवान् देख रहे हैं' इस भय से कोई अधर्म-आचरण नहीं करता, वही यथार्थ धार्मिक है। निर्जन वन में सुंदर नवयुवती को अकेली देखकर भी जो धर्म के भय से भीत होकर उस पर कुदृष्टि नहीं डालता, वही यथार्थ धार्मिक है। जो वीरान में, किसी उजड़े घर में मुहरों से भरी थैली देखकर

भी उसे उठाने के मोह को रोक सकता है, वही ठीक-ठीक धार्मिक है। जो केवल दिखावे भर के लिए या 'लोग क्या कहेंगे?' इस भय से सिर्फ लोगों के सामने धर्म का अनुष्ठान करता है, उसे ठीक-ठीक धार्मिक नहीं कहा जा सकता। निर्जन, नीरव में अनुष्ठित होने वाला धर्म ही यथार्थ धर्म है, भीड़-भाड़ और कोलाहल में अनुष्ठित होने वाला धर्म धर्म नहीं।

□

संन्यासी का आदर्श

मनुष्य का पहला जन्म पिता से होता है, उपनयन के समय उसका दूसरा जन्म होता है और संन्यास के समय फिर तीसरी बार जन्म होता है।

संसार में रहने से मन का बहुत सा भाग फालतू खर्च हो जाता है; इससे मन को जो क्षति पहुँचती है, उसकी पूर्ति संन्यास ग्रहण करने पर ही हो सकती है।

संन्यास-ग्रहण का योग्य अधिकारी कौन है ? जो संसार को पूर्णरूपेण त्याग देता है, 'कल क्या खाऊँगा, क्या पहनूँगा' इसकी बिल्कुल फिक्र नहीं करता, वही ठीक-ठीक संन्यासी बनने लायक है। जो ताड़ के पेड़ पर से निर्भय होकर नीचे कूद सकता है, वही संन्यास ग्रहण करने का योग्य अधिकारी है।

योगी और संन्यासी सर्प के समान होते हैं। सर्प अपने लिए कभी बिल नहीं बनाता, वह सदा चूहे के बिल में रहता है। एक बिल नष्ट हो जाए तो दूसरे में चला जाता है योगी-संन्यासी लोग भी इसी तरह अपने लिए घर नहीं बनाते। वे दूसरों के यहाँ रहते हैं—आज यहाँ तो कल वहाँ, इस तरह दिन बिताते हैं।

साधु लोग 'दिशा-जंगल' और 'अन्न-पानी' की सुविधा देखे बिना कहीं डेरा नहीं डालते। 'दिशा-जंगल' माने शौचादि के लिए सुविधाजनक निर्जन स्थान और 'अन्न-पानी' माने भिक्षा। भिक्षान्न द्वारा ही तो साधुओं का शरीर-धारण होता है, इसलिए जहाँ पास ही में आसानी से भिक्षा मिल सकती है, ऐसी ही जगह साधु लोग 'आसन' लगाते हैं, यानी डेरा डालते हैं। कभी चलते-चलते थक जाने पर किसी जगह भिक्षा की सुविधा न होने पर भी वे कष्ट सहते हुए दो-एक दिन के लिए डेरा डाल भी लेते हैं, परंतु जहाँ जल का अभाव हो तथा 'दिशा-जंगल' की कठिनाई हो, अर्थात् शौचादि के लिए एकांत स्थान न हो, वहाँ वे कभी नहीं ठहरते। जो अच्छे साधु होते हैं, वे शौचादि क्रियाएँ वहाँ नहीं करते, जहाँ सब लोग करते हैं और जहाँ लोगों को दिख पड़ता है। वे तो दूर निर्जन में गुप्त रूप से वह सब निपटा आते हैं।

सफेद स्वच्छ कपड़े पर अगर थोड़ा सा भी काला लग जाए तो वह बहुत भद्दा दिखाई देता है। साधुओं का छोटा सा दोष भी बड़ा भारी मालूम होता है।

संन्यासी यदि स्वयं निर्लिप्त हो, जितेंद्रिय हो, तो भी लोगों के सामने आदर्श रखने के लिए उसे कामिनी-कांचन का सर्वतोभावेन त्याग करना चाहिए। संन्यासी का सोलहों आना त्याग देखकर ही लोगों को साहस होगा, तभी वे कामिनी-कांचन को त्यागने का प्रयत्न करेंगे। भला त्याग की शिक्षा अगर संन्यासी न दे तो दे कौन?

सच्चे संन्यासी या त्यागी का लक्षण क्या है, जानते हो? उसे कामिनी-कांचन के किसी भी प्रकार के संस्पर्श में नहीं रहना चाहिए। यहाँ तक कि स्वप्न में भी यदि उसका कामिनी से सहवास हो, वीर्यपात हो जाए अथवा कांचन के प्रति आसक्ति हो जाए, तो इतने दिनों का साधन-भजन सब नष्ट हो जाता है।

जब तुमने साधु-संन्यासी का वेश धारण किया है, तब तुम्हें साधु-संन्यासियों जैसा ही आचरण करना चाहिए। जैसे नाटक में जो राजा बनता है, वह हमेशा राजा ही बनता है, जो मंत्री बनता है, वह हमेशा मंत्री ही बनता है। एक बार एक बहुरूपिया साधु सजकर जमींदार के यहाँ आया था। जमींदार ने उसे रुपया देना चाहा, पर उसने छुआ तक नहीं। थोड़ी देर बाद वह नहा-धोकर, वेश बदलकर फिर आया और बोला, "जो दे रहे थे, वह अब दो।" जिस समय वह साधु बना हुआ था, उस समय वह रुपए को छू भी नहीं सका था, पर अब चवन्नी भी मिल जाए तो खुश होगा।

एक आदमी अपने बीमार बच्चे को गोद में ले एक साधु के पास दवा लेने गया। साधु ने उससे कहा, "कल आना।" दूसरे दिन जब वह आदमी फिर गया, तब उस साधु ने कहा, "बच्चे को गुड़ बिल्कुल मत खाने देना, इसी से वह अच्छा हो जाएगा।" तब वह आदमी बोला, "महाराज, यह बात आप कल ही बता देते।" साधु बोला, "हाँ, बता तो सकता था, पर कल मेरे सामने ही गुड़ रखा हुआ था; यह बात अगर मैं कल बताता तो तुम्हारा बच्चा सोचता कि यह साधु तो गुड़ खाता है और दूसरे को मना करता है!"

जो व्यक्ति माता, पिता या पत्नी से झगड़ा हो जाने के कारण वैरागी बन जाता है, उसे 'खीझा हुआ वैरागी' कहते हैं। उसका वैराग्य दो दिन के लिए होता है, किसी बड़ी जगह अच्छी नौकरी मिल गई कि वह वैरागी जीवन छोड़ नौकरी करने लग जाता है।

भक्त—सच्चे साधु की क्या पहचान है?

श्रीरामकृष्ण—जिसका मन, प्राण, अंतरात्मा पूरी तरह ईश्वर में ही समर्पित हो, वही सच्चा साधु है। सच्चा साधु कामिनी-कांचन का संपूर्ण त्याग कर देता है। वह स्त्रियों की ओर ऐहिक दृष्टि से नहीं देखता। वह सदा स्त्रियों से दूर रहता है; और यदि उसके पास कोई स्त्री आए तो वह उसे माता के समान देखता है। वह सदा ईश्वर-चिंतन में मग्न रहता है और सर्वभूतों में ईश्वर विराजमान है, यह जानकर सबकी सेवा करता है। ये सच्चे साधु के कुछ साधारण लक्षण हैं। जो साधु दवाई देता हो, झाड़-फूँक करता हो, पैसे लेता हो और भभूत लगाकर या माला-तिलक आदि बाह्य चिह्नों का आडंबर रचकर, मानो 'साईनबोर्ड' लगाकर लोगों के सामने अपनी साधुगीरी का प्रदर्शन करता हो, उस पर कभी विश्वास मत करना।

संन्यासी का स्वभाव ही है 'क्षमाशीलता।'

□

तीर्थयात्रा का महत्त्व

गाय का दूध वास्तव में उसके समूचे शरीर में व्याप्त है, पर उसके कान या सींगों को दबाने से तुम्हें दूध नहीं मिलेगा, दूध के लिए तो थनों को ही निचोड़ना होगा। इसी भाँति, ईश्वर तो पूरे ब्रह्मांड में व्याप्त है, पर तुम उन्हें हर जगह नहीं देख पाओगे। पावन तीर्थों और मंदिरों में, जहाँ युग-युग के साधक-भक्तों के साधन-भजन, पूजा-उपासना आदि के फलस्वरूप भक्तिभाव घनीभूत रूप में ओत-प्रोत है, भगवान् का विशेष प्रकाश विद्यमान है।

यह निश्चित जानो कि जिस स्थान में अनेक युगों से अनेक लोग ईश्वर-दर्शन के उद्‌देश्य से जप-तप, ध्यान-धारणा, प्रार्थना-उपासना आदि करते आए हैं, वहाँ भगवान् का विशेष प्रसाद है। उनकी भक्ति के कारण वहाँ ईश्वरीय भाव घनीभूत होकर विद्यमान है। इसीलिए ऐसे स्थान में मनुष्य आग को बनाए रखता है, उसी प्रकार साधु-संग द्वारा मन को सचेत बनाए रखना चाहिए।

साधु-संग मानो चावल का धोया हुआ जल है। किसी को अत्यधिक नशा चढ़ा हो तो उसे चावल का धोया हुआ पानी पिला देने से नशा उतर जाता है। इसी प्रकार साधु संग संसार में कामना-वासनारूपी मद पीकर जो मत हुए हैं, उनका नशा उतार देता है।

मुफस्सल में जाकर नायब रैयत पर कितनी जुल्म, जबरदस्ती करता है, पर वही जब जमींदार के पास रहता है, तब उसके सामने कितना भलामानुस बन जाता है, रैयत के साथ कितना अच्छा बरताव करता है, उसकी शिकायतों को गौर से सुनकर अच्छी तरह से जाँच-पड़ताल कर ठीक-ठीक फैसला देने की भरसक कोशिश करता है। जमींदार के डर से और उसकी संगति के गुण से अत्याचारी नायब भी कितना भला बन जाता है! इसी तरह साधु-संग क्रूर व्यक्तियों के मन में भी श्रद्धायुक्त भय जगाकर उन्हें सज्जन बना देता है।

अगर चूल्हे की आग पर गीली लकड़ी भी रख दी जाए तो आँच लगकर उसके भीतर का पानी सूख जाता है और लकड़ी जल उठती है। इसी तरह साधु-संग के प्रभाव से संसारी जीवों के भीतर से कामिनी-कांचनरूपी जल सूखकर उनमें विवेक की अग्नि जल उठती है।

पुराण में है, जगज्जननी भगवती जब गिरिराज हिमालय की कन्या उमा के रूप में अवतीर्ण हुई थीं, उस समय उन्होंने गिरिराज को अपने सर्वशक्तिमान स्वरूप का विभिन्न रूपों में दर्शन कराया। पर जब सब रूपों के दर्शन कर गिरिराज ने भगवती से कहा, "बेटी, वेदों में जिस ब्रह्म के बारे में कहा है, अब मुझे उस ब्रह्म के दर्शन कराओ", तब देवी ने कहा, "पिताजी, यदि तुम ब्रह्म-दर्शन करना चाहते हो तो सर्वत्यागी साधुओं का संग करो।"

हाथी को यदि नहला-धुलाकर छोड़ दिया जाए तो वह देखते-ही-देखते अपने आपको धूल से सान लेता है, परंतु यदि उसे नहलाने के बाद हाथीखाने में बाँध दिया जाए तो वह फिर गंदा नहीं हो पाता। इसी प्रकार, साधु-संग आदि द्वारा पवित्रता प्राप्त करने के बाद यदि तुम फिर सांसारिक विषयों में छोड़ दो, तो तुम्हारा वह पवित्र भाव शीघ्र ही चला जाएगा, परंतु मन को पवित्र कर यदि ईश्वर के चरणों में निबद्ध रखा जाए तो वह पवित्र ही बना रहेगा।

□

भगवन् नाम का माहात्म्य

विषयासक्त जीवों के लिए 'नारदपांचरात्र' के अनुसार, द्वैत भाव की भक्ति का अनुसरण करते हुए उच्च स्वर से नाम-संकीर्तन करना सबसे सरल उपाय है।

श्रीरामकृष्ण (एक भक्त से)—भक्ति द्वारा इंद्रियाँ अपने आप वश में आ जाती हैं, बड़ी सरलता से उनका संयम हो जाता है। ईश्वर के प्रति प्रेम जितना अधिक बढ़ेगा, शरीर-सुख भोगने की इच्छा उतनी ही घटती जाएगी। जिस दिन घर में संतान की मृत्यु हो जाती है, उस दिन क्या पति-पत्नी का मन देह-सुख की ओर जा सकता है?

भक्त—पर मैं भगवान् से प्रेम करना नहीं जानता?

श्रीरामकृष्ण—सतत उनका नाम लेते रहो। इससे तुम्हारे भीतर के काम, क्रोध, देह-सुख भोगने की वासना आदि सब दूर हो जाएँगे।

भक्त—पर मुझे भगवान् के नाम में रस नहीं मिलता!

श्रीरामकृष्ण—तब उन्हीं से व्याकुल होकर प्रार्थना करो, जिससे तुम्हें नाम में रुचि हो। वे तुम्हारी प्रार्थना अवश्य सुरेंगे। ··· 'त्वन्नामे अरुचिः।' सन्निपात के रोगी की यदि भोजन के प्रति रुचि जाती रहे तो फिर उसके बचने की आशा नहीं रहती; पर यदि थोड़ी भी रुचि रहे तो बचने की बहुत आशा रहती है, इसीलिए नाम में रुचि पैदा करो। भगवान् का नाम लेते रहो। दुर्गानाम, कृष्णनाम, शिवनाम, जो नाम तुम्हें अच्छा लगे, वही लिया करो। यदि नाम लेते हुए दिनोदिन नाम के प्रति अनुराग बढ़ता जाए, उसमें अधिकाधिक आनंद मिले, तो फिर तुम्हें कोई भय नहीं। तुम्हारा सन्निपात का विकास जरूर कट जाएगा, उनकी कृपा जरूर होगी।

नाम क्या कम है? नाम और नामी अभिन्न हैं! सत्यभामा ने तुला पर एक ओर श्रीकृष्ण को चढ़ाकर दूसरी ओर स्वर्ण, मणि-माणिक्य आदि रखते हुए उन्हें

तौलना चाहा, पर उसका सारा प्रयत्न असफल हुआ। परंतु जब रुक्मिणी ने दूसरे पल्ले में तुलसीपत्र और कृष्ण नाम लिखकर धर दिया, तब दोनों पल्लों का भार समान हो गया।

यदि तुम ईश्वर के दर्शन करना चाहो तो हरिनाम पर दृढ़ विश्वास रखो और सदसत् विवेक करो।

श्रीचैतन्यदेव ने कहा है, "ईश्वर के नाम की बड़ी भारी महिमा है। तुरंत फल न मिलने पर भी एक-न-एक दिन उसका फल अवश्य ही मिलेगा।" घर की कारनिस पर पड़ा हुआ बीज कई साल बाद घर के ढह जाने पर जमीन में जा पहुँचता है और तब उसमें से पेड़ निकलकर उसमें फल लगते हैं।

जाने या अनजाने, भूल से या भ्रम से, किसी भी तरह क्यों न हो, भगवान् का नाम लेने से उसका फल अवश्य मिलेगा। कोई नदी पर जाकर स्नान करे तो उसका जैसा स्नान होता है, वैसी ही अगर किसी को पानी में ढकेल दिया जाए तो उसका भी स्नान हो जाता है, और कोई सोया हुआ हो और उस पर पानी डाल दिया जाए तो उसका भी स्नान हो ही जाता है।

जाने-अनजाने, किसी भी रीति से क्यों न हो, अगर कोई अमृतकुंड में एक बार गिर पड़े तो अमर हो जाता है। इसी प्रकार, कोई जाने-अनजाने में या और किसी भी तरह भगवान् का नाम क्यों न ले, वह अंत में अमरत्व प्राप्त करता है।

'केवल नाम-ग्रहण से ही भगवद्-दर्शन हो सकता है' ऐसा कहने वाले किसी धर्म-प्रचारक से श्रीरामकृष्ण ने कहा था—"अवश्य ही भगवान् के नाम की बड़ी महिमा है, पर अनुराग के बिना क्या होगा? भगवान् के लिए प्राण व्याकुल होने चाहिए। अगर मैं मुँह से तो नाम लेता रहूँ, पर मन को कामिनी-कांचन में ही लिप्त रखूँ, तो उससे क्या लाभ होगा? अगर बिच्छू ने काटा हो तो सिर्फ मंत्र पढ़ने से जहर नहीं उतरता, कंडा जलाकर उसका धुआँ भी देना पड़ता है।

"नाम लेकर जीव शुद्ध अवश्य होता है, पर फिर दूसरे ही क्षण वह तरह-तरह के पापों में लिप्त हो जाता है। उसके मन में इतना बल नहीं कि 'फिर पाप नहीं करूँगा' ऐसी प्रतिज्ञा करे। गंगास्नान से सब पाप कट जाते हैं, यह सही है, पर उससे क्या फायदा? ऐसा कहते हैं कि वे पाप तट के पेड़ों पर चढ़ जाते हैं; जब मनुष्य गंगा नहाकर लौटता है तो वे पुराने पाप पेड़ पर से कूदकर फिर उसके सिर पर सवार हो जाते हैं। वह दो-चार कदम भी चल नहीं पाया होगा कि इसके पहले ही वे पुराने पाप उसे घेर लेते हैं!

"इसीलिए नाम भी लिया करो और साथ ही प्रार्थना भी करो कि ईश्वर पर अनुराग हो, और धन, मान, देह-सुख आदि अनित्य अकार वस्तुओं के प्रति आसक्ति घट जाए।"

जैसे रुई के पहाड़ में एक छोटी सी चिनगारी पड़ जाने पर वह देखते-ही-देखते जलकर खाक हो जाता है, वैसे ही भक्ति के साथ भगवान् का नामगान करने पर पर्वत समान पाप भी नष्ट हो जाता है।

विषयी लोगों की पूजा, जप, तप सबकुछ सामयिक होता है, टिकता नहीं। जो ईश्वर के सिवा और कुछ नहीं जानते, वे साँस-साँस में उनका नाम लेते रहते हैं। कोई मन-ही-मन सतत 'ॐ राम ॐ' जपता रहता है। ज्ञानमार्गी साधक 'सोऽहम् सोऽहम्' जपता जाता है। किसी-किसी की जीभ तो सदा हिलती ही रहती है।

जप करना, यानी निर्जन में चुपचाप भगवान् का नाम लेना। एकाग्र होकर भक्तिपूर्वक उनका नाम जपते रहने से उनके रूप के दर्शन होते हैं, उनका साक्षात्कार होता है। जैसे जंजीर से बँधी हुई बल्ली गंगा में डुबोई हुई हो और जंजीर का दूसरा छोर तीर पर बँधा हुआ हो, तो जंजीर की एक-एक कड़ी पकड़कर आगे बढ़ते हुए, पानी में उतरकर उसी तरह चलते-चलते बल्ली का स्पर्श किया जा सकता है; ठीक वैसे ही जप करते-करते मग्न हो जाने पर धीरे-धीरे भगवान् का साक्षात्कार होता है।

श्रीरामकृष्णदेव प्रायः कहा करते थे—"सुबह-शाम ताली बजाते हुए हरिनाम लिया करो, ऐसा करने से तुम्हारे सब पाप-ताप दूर हो जाएँगे। जैसे पेड़ के नीचे खड़े होकर ताली बजाने से पेड़ पर के सब पंछी उड़ जाते हैं, वैसे ही ताली बजाते हुए हरिनाम लेने से देहरूपी वृक्ष पर से सब अविद्यारूपी चिड़ियाँ उड़ जाती हैं।"

□

दान-धर्म

धार्मिक अनुष्ठानों में लोगों को भोजन क्यों कराया जाता है, लोगों को खिलाना क्या एक प्रकार से भगवान् की ही सेवा नहीं है? सब जीवों के भीतर वे अग्नि के रूप में विद्यमान हैं; अतः खिलाना यानी उन्हीं में आहुति चढ़ाना। परंतु जो दुर्जन हैं, जो भगवान् को नहीं मानते, जिन्होंने व्यभिचार आदि महापाप किए हैं, ऐसे लोगों को कभी नहीं खिलाना चाहिए। ऐसे पापी लोग जहाँ बैठकर भोजन करते हैं, उसके नीचे की सात हाथ तक की जमीन अपवित्र हो जाती है।

एक कसाई एक गाय को दूर कसाईखाने की ओर ले जा रहा था। बीच रास्ते में एक जगह गाय ने आगे बढ़ने से इनकार कर दिया। कसाई उसे इतना पीटता, पर वह टस-से-मस न होती। बड़ी मुसीबत थी! आखिर कसाई भूख-प्यास और थकावट के मारे तंग आ गया। तब गाय को एक पेड़ से बाँध वह गाँव में एक अतिथिशाला में जा पहुँचा। वहाँ भरपेट भोजन करने के बाद उसमें ताकत आई और तब आसानी से उस गाय को कसाईखाने ले जाकर उसने उसकी हत्या की। गोहत्या के पाप का बहुत सा भाग उस अतिथिशाला के अन्नदान करने वाले मालिक को लगा, क्योंकि उसकी सहायता के बिना कसाई गाय को ले जाने में समर्थ न होता। इसलिए भोजन या अन्य वस्तु का दान देते समय यह विचार करना चाहिए कि दान ग्रहण करने वाला व्यक्ति कहीं दुर्जन या पापी तो नहीं है, कहीं वह उस दान का दुरुपयोग तो नहीं करेगा!

साधारणतया ऐसा नियम है कि पूर्व जन्म में जिन्होंने बहुत दान-धर्म किया है, वे इस जन्म में धनवान पैदा होते हैं; परंतु आखिर यह जगत् उनकी माया ही है, इस माया के राज्य में इतने विपर्यय-व्यतिक्रम होते रहते हैं कि यह सब कौन समझ सकता है!

□

अन्न-वस्त्र

गेरुआ वस्त्र पहनने की क्या जरूरत है? वेश में क्या है? गेरुआ वस्त्र पहनने से मन में पवित्र भाव उदित होता है। जैसे फटी जूती, फटे कपड़े पहनने से मन में दैन्य-दारिद्र्य का भाव आ जाता है; कोट, पतलून और बूट पहनने से सहज ही मन में अहंकार-अभिमान उठता है, मलमल की काली किनारे वाली धोती पहनने से फुरती आने लगती है और आप ही प्रेमगीत गाने की इच्छा होती है, वैसे ही संन्यासी का गेरुआ वस्त्र पहनने पर मन में सहज की पवित्र भाव उठने लगते हैं। यद्यपि वेश में कोई विशेष महत्त्व नहीं है, फिर भी हर प्रकार के वेश का कुछ अपना प्रभाव होता है।

शुरू-शुरू में पौधे को चारों ओर से घेरा लगाकर गाय-बकरी आदि से बचाना पड़ता है। पर एक बार वह पौधा बढ़कर बड़ा वृक्ष बन जाए तो फिर कोई भय नहीं रह जाता। तब तो सैकड़ों गाय-बकरियाँ आकर उसके नीचे आसरा लेती हैं, उसके पत्तों से पेट भरती हैं। इसी तरह, साधना की प्रथम अवस्था में स्वयं को कुसंगति और सांसारिक विषय-बुद्धि के प्रभाव से बचाना चाहिए। पर एक बार सिद्धिलाभ हो जाने से फिर कोई भय नहीं रहता। तब कुभाव या संसारासक्ति तुम्हारा कुछ बिगाड़ नहीं सकेगी, बल्कि अनेक संसारी लोग तुम्हारे पास आकर शांति प्राप्त करेंगे।

एक बार किसी छात्र ने श्रीरामकृष्ण ने पूछा, "महाराज, जब सब जीवों के भीतर एक ही परमेश्वर विराजमान है तो फिर चाहे जिस व्यक्ति के हाथ का खाने में क्या हर्ज है?" पूछने पर पता चला कि वह ब्राह्मण था। जब श्रीरामकृष्ण ने कहा, "इसीलिए तुम ऐसा पूछ रहे हो। अच्छा, बताओ, अगर तुम एक दियासलाई जलाओ और उसके ऊपर ढेर सी सूखी लकड़ियाँ रख दो तो क्या होगा?" वह छात्र बोला, "लकड़ियों के बोझ से आग बुझ जाएगी।" तब श्रीरामकृष्ण ने कहा, "पर अगर तुम बहुत बड़ी धधकती हुई चिता में हरे केले के पेड़ झोंक दो तो क्या

होगा?" छात्र ने उत्तर दिया, "केले के पेड़ देखते-ही-देखते खाक हो जाएँगे।" तब श्रीरामकृष्ण बोले, "इसी तरह, यदि तुम्हारे भीतर आध्यात्मिक शक्ति का प्रमाण अल्प हो तो बिना विचारे चाहे, किसी के हाथ का खाने से वह नष्ट हो जाएगी, परंतु यदि वह प्रबल हो तो किसी भी तरह का अन्न तुम्हें नुकसान नहीं पहुँचा पाएगा।"

मैंने एक मुसलमान गुरु से 'अल्लाह' मंत्र की दीक्षा ली थी। उस समय मैं दिन भर 'अल्लाह' मंत्र जपा करता, तीन बार नमाज पड़ता और मुसलमानों की तरह काँछ न लगाकर धोती पहनता, उन्हीं की तरह भोजन करता। उस समय तीन दिन तक मैं काली मंदिर में नहीं जा सका। हिंदू देवी-देवताओं का दर्शनप्रमाण तो दूर रहा, उनका नाम तक नहीं ले सका।

प्रश्न—क्या जो मिला, वही खाना अच्छा नहीं है?

उत्तर—यह एक विशेष अवस्था में ठीक है। ज्ञानी को इसमें कोई दोष नहीं लगता। ज्ञानी भोजन नहीं करता, वह तो कुंडलिनी को आहुतिं देता है। परंतु भक्त की बात अलग है। भक्त को शुद्ध अन्न ही ग्रहण करना चाहिए, जो अन्न वह अपने इष्टदेव को निस्संकोच अर्पित कर सके। भक्त के लिए मांसाहार उचित नहीं। फिर यह भी है कि शूकर-मांस खाते हुए भी अगर किसी में ईश्वर के प्रति अनुराग हो तो वह धन्य है, और निरामिष या हविष्यान्न भोजन करके भी अगर किसी का मन कामिनी-कांचन में डूबा रहे तो उसे धिक्कार है।

जो हविष्यान्न भोजन करता है, पर ईश्वर की प्राप्ति नहीं करना चाहता, उसका हविष्यान्न गोमांस के तुल्य है। और जो गोमांस खाता है, पर ईश्वर की प्राप्ति के लिए प्रयत्न करता है, उसके लिए गोमांस भी हविष्यान्न के समान होता है।

दिन में भले ही ठूँस-ठूँसकर खाओ, पर रात में हल्का भोजन करना चाहिए। भक्त को ऐसा भोजन करना चाहिए, जिससे शरीर उत्तेजित न हो, मन चंचल न बने।

□

नम्रता तथा स्वाभिमान

स्वयं को ज्यादा चतुर समझना उचित नहीं। कौआ खुद को कितना चालाक समझता है! वह कभी फँदे में नहीं फँसता। भय की तनिक आशंका होते ही उड़ जाता है, कितनी चतुराई के साथ वह खाने की चीजें उड़ा ले जाता है! पर इतना होते हुए भी वह विष्ठा खाकर मरता है। ज्यादा चालाकी करने का यही परिणाम होता है।

ऊँचा उठना हो (महान् बनता हो) तो पहले नीचा (नम्र) बनना चाहिए। ऊँची जमीन में खेती नहीं होती, उसके लिए नीची जमीन चाहिए, जहाँ पानी जम सके। तभी खेती हो सकती है।

फलवान वृक्ष की डालियाँ सदा नीचे को झुकी होती हैं। अगर तुम बड़ा बनना चाहते हो तो छोटा (नम्र) बनो।

जहाँ और लोग सिर झुकाते हैं, वहाँ पर तुम्हें दंडवत् करना चाहिए।

"मैं लैक्चर दे रहा हूँ, तुम लोग सुनो।" इस प्रकार का अहंकार या आचार्यपन का अभिमान नहीं रखना चाहिए। अज्ञान अवस्था में ही अहंकार रहता है, ज्ञान होने पर नहीं। जिसमें गर्व नहीं, उसी को ज्ञान-लाभ होता है। बरसात का पानी नीची जमीन पर ही ठहरता है, ऊँची जगह पर ठहर नहीं पाता।

तराजू का जो पलड़ा भारी होता है, वह नीचे आ जाता है और जो हल्का होता है, वह ऊपर उठ जाता है। इसी तरह जो व्यक्ति गुणी और सामर्थ्यवान होता है, वह सदा नम्र और विनयशील होता है, मूर्ख ही झूठे अहंकार-अभिमान से फूला रहता है।

तूफान में उड़ने वाली जूठी पतल की तरह निरहंकार और नम्र बनो।

सुई में धागा पिरोना हो तो धागे को पहले ऐंठकर नुकीला बनाओ, ताकि उसमें रोएँ न रहें। तभी वह सुई के छेद में से जा सकता है। मन को ईश्वर में निमग्न करना हो तो दीन-हीन, नम्र बनो; वासनारूपी रोएँ ढेर कर दो।

कई लोग विनय का ढोंग रचते हुए कहते हैं, 'मैं कीट हूँ।' इस प्रकार स्वयं को हमेशा कीट कहते-कहते कुछ दिनों बाद मनुष्य वास्तव में कीट की तरह दुर्बल बन जाता है। मन में कभी हीनभाव या हताशा नहीं आने देनी चाहिए। उन्नति के पथ पर हताशा बड़ी भारी शत्रु है। हताश हो जाने से धर्मपथ पर अग्रसर नहीं हुआ जा सकता। जिसका जैसा भाव होता है, उसे वैसा ही लाभ होता है।

यथार्थ मनुष्य तो वही है, जो 'मान-होश' हो, अर्थात् जिसमें स्वाभिमान का होश हो। दूसरे लोग तो निरे 'मानुष' हैं।

जो अहंकार आत्मा की महिमा को प्रकट करता है, वह अहंकार नहीं। जो विनय आत्मा के गौरव को नीचे लाती है, वह विनय नहीं।

□

सरलता

जब तक मनुष्य बच्चों जैसा सरल नहीं हो जाता, तब तक उसे ज्ञान-लाभ नहीं होता। सब दुनियादारी, विषय-बुद्धि को भूलकर बालक जैसे नादान बन जाओ, तभी तुम ज्ञान प्राप्त कर सकोगे।

सरल होने पर सहज ही ईश्वर की प्राप्ति हो सकती है। मनुष्य अगर सरल हो तो उसे दिए गए उपदेश शीघ्र सफल होते हैं। जोती हुई जमीन में, जिसमें कंकड़-पत्थर न हों, बीज पड़ते ही पौधा उग जाता है और वह शीघ्रता से बढ़कर फल भी देने लगता है।

श्रीरामकृष्ण कहा करते थे, "अनेक तपस्या, अनेक साधना करने के बाद ही मनुष्य सरल और उदार होता है। सरल हुए बिना ईश्वर की प्राप्ति नहीं होती। सरल हृदय मनुष्य के सम्मुख ही ईश्वर अपना स्वरूप प्रकट करते हैं।" परंतु सरल और सत्यवादी बनने के नाम पर कोई मूर्ख न बन बैठे, इसलिए श्रीरामकृष्ण सबको सावधान करते हुए कहा करते थे, "तुम भक्त बनो, पर इसका मतलब यह नहीं कि तुम बुद्धू बनो।" अथवा "मन में सदा विवेक-विचार करना चाहिए—सत् क्या है और असत् क्या, नित्य क्या और अनित्य क्या? फिर जो अनित्य है, उसे छोड़कर नित्य वस्तु ईश्वर में मन लगाना चाहिए।"

□

वासना-त्याग

वास्तव में सच्चा मनुष्य वह है, जो जीवित होकर भी मृत है, अर्थात् मृत व्यक्ति की तरह जिसकी कामना-वासना आदि प्रवृत्तियाँ संपूर्णतया नष्ट हो गई हैं। जब तक चित्तरूपी आकाश वासनारूपी पवन के झोंकों से चंचल और क्षुब्ध रहता है, तब तक उसमें ईश्वरीय ज्योति के प्रकट होने की संभावना नहीं। शांत, एकाग्र, तल्लीन चित्त में ही भगवान् के दर्शन प्राप्त होते हैं।

जब तक वासना का लेशमात्र भी रहे, तब तक ईश्वर-दर्शन नहीं होते। इसलिए सामान्य वासनाओं को तृप्त कर लो और बड़ी-बड़ी वासनाओं को विवेक-विचारपूर्वक त्याग दो।

गहरे कुएँ के किनारे खड़ा हुआ आदमी हर समय सावधान रहता है, ताकि वह कुएँ में गिर न पड़े। इसी प्रकार, संसार में रहते हुए मनुष्य को सदा वासनाओं से सावधानी बरतनी चाहिए। अगर कोई एक बार इस वासनापूर्वक संसार-कूप में गिर पड़े तो वह उसमें से शायद ही सही-सलामत बाहर निकल पाता है।

यह पूछने पर कि काम-क्रोधादि रिपुओं पर कैसे विजय प्राप्त की जाए, श्रीरामकृष्ण ने कहा, "जब तक इन प्रवृत्तियों की गति सांसारिक विषयों के प्रति केंद्रित रहेगी, तब तक ये तुम्हारे शत्रु रहेंगे। परंतु यदि इनकी गति ईश्वराभिमुख कर दी जाए तो यही रिपु तुम्हारे मित्र बन जाएँगे, तुम्हें भगवद्प्राप्ति करा देंगे। सांसारिक विषयों के प्रति जो कामना है, उसे ईश्वर की कामना में परिणत करो। क्रोध ही करना है तो ईश्वर पर क्रोध करो। कहो, "क्यों तुम मुझे दर्शन नहीं देते ?" इसी प्रकार सब रिपुओं को ईश्वर की ओर मोड़ दो। इन रिपुओं को नष्ट नहीं किया जा सकता, इन्हें ईश्वराभिमुख किया जा सकता है।

मंदोदरी ने अपने पति रावण से कहा था, "यदि तुम्हें सीता को रानी बनाने की इतनी चाह है तो तुम एक बार अपनी माया से राम का रूप धारण कर उसके सामने

क्यों नहीं जाते?" तब रावण ने कहा, "छिह! राम रूप का चिंतन करते ही हृदय में ऐसे अपूर्व आनंद का अनुभव होने लगता है कि उसके आगे ब्रह्म-पद भी तुच्छ जान पड़ता है, फिर पराई स्त्री की बात क्या?"

हाथी को मुक्त छोड़ दिया जाए तो वह चारों ओर पेड़-पौधों को तोड़ते-मरोड़ते हुए चलने लगता है, पर जब महावत उसके सिर पर अंकुश का वार करता है, तब वह शांत हो जाता है। इसी प्रकार, मन को बेलगाम छोड़ देने पर वह तरह-तरह की फालतू चीजों का विचार करने लगता है, पर विवेकरूपी अंकुश का वार करते ही वह शांत, स्थिर हो जाता है।

संसार के प्रति जितनी अधिक आसक्ति होगी, ज्ञान-प्राप्ति की संभावना उतनी ही कम होगी। संसारासक्ति जितनी कम होगी, ज्ञान-प्राप्ति की संभावना भी उतनी अधिक होगी।

दही को मथकर मक्खन निकाल लेने के बाद उस मक्खन को फिर उसी हाँड़ी में छाछ के साथ एकत्र रखने से मक्खन के खराब हो जाने का डर रहता है। उसे तो अलग बरतन में स्वच्छ जल में रखना चाहिए। इसी प्रकार कुछ आध्यात्मिक उन्नति कर लेने के बाद भी मनुष्य यदि संसार में विषयों से घिरा रहते हुए विषयासक्त संसारियों की संगति करता रहे तो उस पर उसका परिणाम हो सकता है, परंतु संसार को त्याग देने पर वह शुद्ध रह सकता है।

प्रश्न—मनुष्य की कामादि दुर्बलता को कैसे दूर किया जाए?

उत्तर—पेड़ में जब फल आ जाता है तो फूल अपने आप झड़ जाता है। इसी तरह मनुष्य में दैवी भाव का विकास होने पर दोष-दुर्बलता आदि मानवीय भाव अपने आप दूर हो जाते हैं।

एक बार अगर तीव्र वैराग्य द्वारा भगवान् की प्राप्ति कर ली जाए तो फिर कामिनी के प्रति आसक्ति या लालसा नहीं रह जाती। स्वयं की स्त्री से भी कोई भय नहीं रह जाता। यदि लोहे के एक ओर बड़ा चुंबक हो और दूसरी ओर छोटा, तो लोहे को कौन खींचेगा? बड़ा चुंबक ही! ईश्वर बड़ा चुंबक है और कामिनी छोटा, ईश्वर के सामने भला कामिनी क्या कर सकेगी?

प्रश्न—भोग-सुख का आकर्षण कैसे दूर हो सकता है?

उत्तर—सर्व सुखों के घनीभूत मूर्तिस्वरूप भगवान् का लाभ होने पर ही यह संभव होता है। जो उन्हें प्राप्त कर लेता है, उसका मन संसार के तुच्छ, असार विषय-सुखों के प्रति आकर्षित नहीं होता।

'हिंचा' साग की गिनती सागों में नहीं होती, मिश्री मिठाइयों में नहीं गिनी जाती। हिंचा साग या मिश्री स्वास्थ्य के लिए हानिकारक नहीं, वरन् उनसे तो लाभ ही होता है। प्रणव या ओंकार की गणना शब्दों में नहीं है, वह ब्रह्म का प्रतीक है। इसी प्रकार भक्ति या ज्ञान की कामना को कामनाओं में नहीं गिना जा सकता।

□

प्रार्थना तथा भक्तिभाव

प्रश्न—क्या भगवान् से प्रार्थना जोर से करनी चाहिए?

उत्तर—उनसे चाहे जिस प्रकार प्रार्थना करो, वे अवश्य ही सुनेंगे। वे चींटी के पग की आवाज तक सुन सकते हैं।

प्रश्न—क्या सचमुच ही वे प्रार्थना सुनते हैं?

उत्तर—हाँ। यदि मन और मुख एक करके किसी वस्तु के लिए व्याकुल होकर प्रार्थना की जाती है तो वह प्रार्थना सफल हुआ करती है, पर जो मुँह से तो कहता है कि 'प्रभो, यह सबकुछ तुम्हारा है', पर मन-ही-मन सोचता है कि 'यह सब मेरा है', उसकी प्रार्थना का कोई फल नहीं होता।

तुम्हारे भावों में किसी प्रकार का छल-कपट न हो। सच्चे, निष्कपट बनो, मन-मुख एक करो, तुम्हें अवश्य ही फल मिलेगा। सरल, आंतरिक भाव से प्रार्थना करो; वे तुम्हारी प्रार्थना अवश्य ही सुनेंगे।

तुम्हारे भीतर जो भाव हो, बाहर तुम्हारी वाणी भी उसी के अनुसार होनी चाहिए। मन और मुख एक होना चाहिए। यदि तुम केवल मुख से कहो कि 'भगवान् मेरे सर्वस्व हैं, पर मन-ही-मन संसार को ही सर्वस्व मानो तो इससे तुम्हें कुछ लाभ नहीं होगा।'

राजा के पास जाना हो तो पहले द्वार पर सिपाही-संतरियों की बहुत खुशामद करनी पड़ती है। इसी प्रकार राजाधिराज ईश्वर के समीप पहुँचना हो तो साधन-भजन, सत्संग और भक्ति, सेवा आदि अनेक उपाय करने पड़ते हैं। सांसारिक विषयों की चिंता करते हुए मन को अस्थिर न होने दो। जो कुछ करना आवश्यक हो, उसे ठीक समय पर करो। मन को सदा भगवान् में मग्न रखो।

यदि मन स्थिर होकर सदा ईश्वर की ही ओर लगा रहे तो जीवनरूपी जहाज भी सभी संकटों को पार कर आगे बढ़ता जाएगा।

प्रार्थना कैसे की जाए, यही मुख्य है। संसार की वस्तुओं के लिए प्रार्थना नहीं करनी चाहिए, नारद की तरह प्रार्थना करनी चाहिए। नारद ने रामचंद्रजी से कहा था, "हे राम! यही कृपा करो कि तुम्हारे चरणकमलों में मेरी शुद्ध भक्ति हो।" राम ने कहा, "तथास्तु। और कोई वर लो।" नारद ने कहा, "कृपा कर यह वर दो कि मैं तुम्हारी भुवनमोहिनी माया में मुग्ध न हो जाऊँ।" राम ने फिर कहा, "तथास्तु। कोई और वर माँगो।" नारद ने कहा, "नहीं भगवन्! मुझे और कुछ नहीं चाहिए।"

यदि तुम यह निश्चित न कर पाओ कि भगवान् साकार हैं या निराकार, तो उनसे इस प्रकार प्रार्थना करो—"हे भगवान्, तुम साकार हो या निराकार, यह मैं समझ नहीं पाता। तुम जो भी हो, मुझ पर कृपा करो, मुझे दर्शन दो।"

यदि कोई ईश्वरीय रूपों को कल्पना समझकर उन पर विश्वास न भी करे तो कोई बात नहीं। वह यदि जगत् का सृजन-नियमन करने वाली ईश्वरीय शक्ति पर विश्वास रखते हुए व्याकुल चित्त से प्रार्थना करे कि "हे भगवन्, मैं तुम्हारा स्वरूप नहीं जानता, तुम जैसे हो, वैसे ही मेरे सामने प्रकट होओ", तो उस पर भगवान् अवश्य कृपा करते हैं।

भगवान् के काम बड़े तीक्ष्ण हैं। तुमने अभी तक जो कुछ भी प्रार्थना की है, वह सब उन्होंने सुनी है। वे किसी-न-किसी समय तुम्हें अवश्य ही दर्शन देंगे, कम-से-कम मृत्यु के समय तो देंगे ही।

सभी धर्मों का ईश्वर एक ही है।

जिस प्रकार एक ही जल को कोई 'वारि' कहता है और कोई 'पानी', कोई 'वाटर' कहता है तो कोई 'एक्वा', उसी प्रकार एक ही सच्चिदानंद को देश-भेद के अनुसार कोई 'हरि' कहता है तो कोई 'अल्लाह', कोई 'गॉड' कहता है तो कोई 'ब्रह्म'।

जिस प्रकार कुम्हार के यहाँ हंडी, गमले, सुराही, सकोरे आदि भिन्न-भिन्न वस्तुएँ होती हैं, परंतु सभी एक ही मिट्टी की बनी होती हैं, उसी प्रकार ईश्वर एक होते हुए भी देश-कालादि के भेदानुसार भिन्न-भिन्न रूपों और भावों में प्रकट होते हैं।

जैसे एक ही शक्कर की मिठाई के अलग-अलग आकार बनाए जाते हैं, वैसे ही एक ही ईश्वर विभिन्न देश-काल में विभिन्न नाम-रूपों में पूजे जाते हैं।

सोने से नाना प्रकार के गहने बनाए जाते हैं। गहनों के नाम, आकार अलग-अलग होने पर भी वे सभी एक ही सोना हैं। इसी तरह एक ही ईश्वर भिन्न-भिन्न

देशों में, भिन्न-भिन्न समय में, भिन्न-भिन्न नामों और रूपों में पूजे जाते हैं। साधक की भावना के अनुसार उनकी विभिन्न भावों से पूजा हो सकती है। कोई पिता या माता के रूप में, कोई सखा या प्रेमास्पद के रूप में, कोई अंतरात्मा प्राणधन के रूप में, तो कोई अपनी संतान के रूप में उनकी आराधना करता है। परंतु इन सभी भावों के भीतर से उस एक ही ईश्वर की पूजा होती है।

एक बार वर्दमान के महाराज की सभा में पंडितों के बीच आपस में तर्क-विचार छिड़ गया—शिव बड़े हैं या विष्णु? कोई कहता, शिव बड़े हैं, तो कोई कहता, विष्णु बड़े हैं। जब विवाद बढ़कर झगड़े में परिणत हो गया तो एक विद्वान् पंडित से निर्णय पूछा गया। उन पंडित ने कहा, "महाशय, मैंने न तो शिव को देखा है, न विष्णु को। भला मैं कैसे कहूँ कि कौन बड़ा है?" एक देवता की दूसरे देवता के साथ इस प्रकार तुलना नहीं करनी चाहिए। यदि तुम्हें किसी एक देवता के दर्शन हो जाएँ तो तुम देखोगे कि सभी देवता उस एक ही परब्रह्म के प्रकाश हैं।

□

ईश-प्राप्ति के विभिन्न पथ

बड़े तालाब में बहुत से घाट होते हैं। किसी भी घाट से उतरने पर एक ही पानी मिलता है। इसलिए 'मेरा घाट अच्छा है, तुम्हारा घाट नहीं' इस तरह परस्पर झगड़ना निरर्थक है। इसी प्रकार सच्चिदानंद-सरोवर में भी अनेक घाट हैं। सभी धर्म, मानो एक-एक घाट हैं। यथार्थ में व्याकुल होकर गगन के साथ इनमें किसी भी एक घाट के सहारे आगे बढ़कर तुम अवश्य ही सच्चिदानंद सरोवर में उतर सकोगे। ऐसा कभी न कहो कि मेरा धर्म श्रेष्ठ है।

ईश्वर के अनंत नाम और अनंत रूप हैं। जिस नाम और जिस रूप में तुम्हारी रुचि हो, उसी नाम से और उसी रूप में तुम उन्हें पुकारो, तुम्हें उनके दर्शन मिलेंगे। जैसे कालीघाट के कालीमंदिर में जाने के लिए बहुत से रास्ते हैं, वैसे ही भगवान् के घर जाने के लिए भी बहुत से रास्ते हैं। हरेक धर्म एक-एक राह है।

जिस समय कलकत्ता में एक ओर हिंदू और दूसरी ओर ब्रह्म धर्म का जोरों से प्रचार चल रहा था, उस समय किसी ने जाकर श्रीरामकृष्ण से इन दो मतों के बारे में उनकी राय पूछी थी। श्रीरामकृष्ण ने कहा था, "मैं देख रहा हूँ कि मेरी ब्रह्ममयी माँ दोनों के द्वारा अपना कार्य करा ले रही है।"

किसी ब्रह्म सज्जन द्वारा पूछे जाने पर कि ब्रह्म धर्म और हिंदू धर्म में क्या भेद है, श्रीरामकृष्ण ने कहा था, "शहनाई में एक ही स्वर अलापने और अलग-अलग धुनें बजाने में जो अंतर है, वही। ब्राह्म धर्म मानो ब्रह्म का एक ही स्वर लगाकर बैठा है, जबकि हिंदू धर्म उसमें से अलग-अलग सुर-तान-लय निकालते हुए तरह-तरह की राग-रागिनियाँ बजा रहा है।

"जिस प्रकार छत पर चढ़ने के लिए निसैनी, बाँस, रस्सा, सीढ़ी आदि अनेक उपाय हैं, उसी प्रकार ईश्वर के निकट पहुँचने के लिए भी अनेक उपाय हैं। प्रत्येक धर्म ही एक-एक उपाय बताता है।

"गैसबत्ती की रोशनी नाना स्थानों में, नाना प्रकार से प्रकाशमान होती है, परंतु आती है—एक ही आधार से। इसी तरह विभिन्न समय में, विभिन्न देशों और विभिन्न जातियों के धर्मगुरु उस एक ही परमेश्वर से आते हैं और ईश्वरीय आलोक से सबको प्रकाशित करते हैं।

"सभी सियारों की पुकार एक सी होती है। सभी ज्ञानियों का उपदेश एक ही होता है।"

□

धर्मांधता दूर करें

अज्ञान के ही कारण मनुष्य अपने स्वयं के धर्म को श्रेष्ठ समझते हुए व्यर्थ का शोर मचाता है। जब चित्त में यथार्थ ज्ञान का प्रकाश आ जाता है तो सब सांप्रदायिक कलह शांत हो जाते हैं।

दो आदमियों के बीच घोर विवाद छिड़ गया। एक ने कहा, "उस खजूर के पेड़ पर एक सुंदर लाल रंग का गिरगिट रहता है।" दूसरा बोला, "तुम भूल करते हो, वह गिरगिट लाल नहीं, नीला है।" विवाद करते हुए कुछ निश्चय न कर पाने के कारण अंत में दोनों जन उस खजूर के पेड़ के नीचे जाकर वहाँ रहने वाले आदमी से मिले। उनमें से एक ने उनसे पूछा, "क्यों जी, तुम्हारे इस पेड़ पर एक लाल रंग का गिरगिट रहता है न!" वह आदमी बोला, "जी हाँ।" तब दूसरे ने कहा, "अजी, क्या कहते हो? वह गिरगिट लाल नहीं, नीला है।" वह आदमी बोला, "जी हाँ।" वह जानता था कि गिरगिट बहुरूपी होता है, सदा रंग बदलता रहता है, इसलिए उसने दोनों की बात में हामी भरी। सच्चिदानंद भगवान् के भी अनेक रूप हैं। जिस साधक ने उनके जिस रूप का दर्शन किया है, वह उसी रूप को जानता है। परंतु जिसने उनके बहुविध रूपों को देखा है, वही कह सकता है कि ये विविध रूप उस एक ही प्रभु के हैं। वे साकार हैं, निराकार हैं तथा उनके और भी कितने प्रकार हैं, यह कोई नहीं जानता।

बड़े तालाबों में स्वच्छ जल में 'दल' नहीं होता, वह छोटी, सड़ी तलैया में ही पैदा होता है। इसी प्रकार जिस संप्रदाय के लोग शुद्ध, उदार, निस्स्वार्थ भाव से परिचालित होकर कार्य करते हैं, उसमें फूट होकर दल-निर्माण नहीं होते। दल तो उसी संप्रदाय में बनते हैं, जिसके लोग स्वार्थी, कपटी और कट्टर होते हैं। क्या दल बनाना अच्छा है? जिसका मन ईश्वर-प्राप्ति के मार्ग पर व्याकुल होकर दौड़ रहा है, उसकी अन्य किसी ओर दृष्टि नहीं रहती; जिसकी दृष्टि मान-सम्मान पर निबद्ध रहती है, वही दल बनाना चाहता है।

अपनी-अपनी जमीन को सभी लोग घेरा लगाकर अलग कर सकते हैं, परंतु आकाश को कोई घेरकर खंडित नहीं कर सकता। सभी खंडित भूभागों के ऊपर एक अखंड आकाश विराजित है। अज्ञान के कारण मनुष्य अपने ही धर्म को सत्य और श्रेष्ठ समझता है; परंतु चित्त में यथार्थ ज्ञान का उदय होने पर वह देखता है कि सभी धर्ममतों के पीछे एक अखंड सच्चिदानंद विराजमान है।

□

धर्मों के प्रति मनोभाव

भगवान् एक हैं, यह दृढ़ विश्वास लेकर जो साधना करेगा, उसे अवश्य ही भगवत्प्राप्ति होगी। फिर वह चाहे जिस भाव से, जिस रूप में उनकी आराधना क्यों न करे।

भगवान् का नाम और चिंतन तुम चाहे जिस रीति से करो, उससे कल्याण ही होगा। जैसे मिश्री की डली सीधी खाओ या टेढ़ी करके खाओ, वह मीठी ही लगेगी।

प्रश्न—यदि सभी धर्मों के भीतर एक ही ईश्वर का वर्णन है तो फिर हरेक धर्म के वर्णनानुसार ईश्वर अलग-अलग क्यों प्रतीत होता है ?

उत्तर—ईश्वर एक है, परंतु उनके भाव विविध हैं। जिस प्रकार घर का प्रमुख व्यक्ति एक ही होता है, परंतु वह किसी का पिता, किसी का भाई तो किसी का पति लगता है, उसी प्रकार भाव भिन्न-भिन्न होते हुए भी ईश्वर एक है।

जिस प्रकार माँ अपने बच्चों के स्वास्थ्य के अनुसार किसी के लिए दाल-भात तो किसी के लिए साबूदाने की व्यवस्था करती है, उसी प्रकार भगवान् भी प्रत्येक मनुष्य के लिए उसके स्वभाव के अनुसार उपयुक्त साधना की व्यवस्था करते हैं।

शंकराचार्य ने वेदांत दर्शन की जो अद्वैत-मतानुसार व्याख्या की है, वह सत्य है और रामानुज ने जो विशिष्टाद्वैत-मतानुसार व्याख्या की है, वह भी सत्य है।

मनुष्य को ईसाइयों की तरह दयावान, मुसलमानों की तरह बाह्य विधि-निषेधों के प्रति दृढ़ आस्थावान तथा हिंदुओं की तरह सबके प्रति उदार एवं दानशील होना चाहिए।

जब तुम बाहर के लोगों के साथ मिलो, तब सबसे प्रेम करो, हिल-मिलकर एक हो जाओ, द्वेषभाव तनिक भी न रखो। 'वह साकारवादी है, निराकार नहीं मानता', 'वह निराकारवादी है, साकार नहीं मानता', 'वह हिंदू है, वह मुसलमान

है, वह ईसाई है' इस प्रकार किसी के प्रति नाक-भौंह सिकोड़ते हुए घृणा मत प्रकट करो। भगवान् ने जिसको जैसा समझाया है, उसने उन्हें वैसा ही समझा है।

वह जानकर कि सभी जन भिन्न-भिन्न स्वभाव के हैं, सबके साथ जितना संभव हो सके, मिल-जुलकर रहना। इस प्रकार बाहर सबसे प्रेम से मिलकर जब तुम अपने घर आओगे, तब मन में शांति और आनंद का अनुभव करोगे।

हर एक व्यक्ति को अपने स्वधर्म का ही पालन करना चाहिए। ईसाई को ईसाई धर्म का, मुसलमान को मुसलिम धर्म का पालन करना चाहिए। हिंदुओं के लिए प्राचीन आर्य ऋषियों का सनातन मार्ग ही श्रेयस्कर है। यथार्थ साधक को यही भावना रखनी चाहिए कि दूसरों के धर्म भी सत्य-प्राप्ति के भिन्न-भिन्न मार्ग हैं। दूसरे धर्मों के प्रति श्रद्धा का भाव रखना चाहिए।

विवाद मत करो। तुम स्वयं जिस प्रकार अपने मत पर दृढ़ता के साथ निर्भर रहते हो, उसी प्रकार दूसरों को भी अपने-अपने मत पर निर्भर रहने दो। वृथा तर्क-विवाद कर तुम किसी को उसकी गलती नहीं समझा पाओगे। जब ईश्वर की कृपा होगी, तब सभी अपनी-अपनी गलती समझ सकेंगे।

कुछ विशिष्ट साधकों को तथाकथित गुप्त साधनाओं का अनुष्ठान करते देख, श्रीरामकृष्ण के कट्टर नीतिवादी भक्तगण घृणा-बुद्धि से प्रेरित हो उनसे बहुधा पूछा करते—"महाराज, इतने उन्नत स्तर के साधक होकर भी अमुक ने पंचमकार की साधना की अथवा श्रेष्ठ भक्त तथा पंडित होकर भी अमुक ने परकीया नायिका का ग्रहण कर साधना की, यह तो बड़ी अनुचित बात है?" इस पर श्रीरामकृष्ण कहा करते—"इसमें उन लोगों का कोई दोष नहीं। उन्हें सोलह आना विश्वास था कि ईश्वर-प्राप्ति का यही मार्ग है। 'इससे ईश्वर-लाभ होगा', ऐसा आंतरिक विश्वास लेकर सरल भाव से जो जिस साधन-प्रणाली का अनुष्ठान करता है, उसे दोषयुक्त कहकर उसकी निंदा नहीं करनी चाहिए। किसी के भाव को नष्ट नहीं करना चाहिए; क्योंकि किसी भी भाव का ठीक-ठीक अवलंबन कर आगे बढ़ने से सर्व-भावमय भगवान् की प्राप्ति अवश्य ही होती है। अपने-अपने भाव के अनुसार भगवान् को पुकारते रहो। किसी के भाव की निंदा न करो और न दूसरे के भाव को अपना समझकर ग्रहण करने का प्रयत्न ही करो।"

भक्तों के मन में कुछ गुप्त साधन प्रणालियों के प्रति घृणा या द्वेषभाव देखकर उसे दूर करने के लिए श्रीरामकृष्ण कहा करते, "अरे, तुम उस सबके प्रति द्वेषबुद्धि क्यों रखते हो? यह ज्ञान रखो कि वह भी एक मार्ग है, पर अशुद्ध मार्ग है। जैसे घर

में प्रवेश करने के लिए अनेक दरवाजे होते हैं—सामने सदर दरवाजा, पिछवाड़े का दरवाजा, फिर मैला साफ करने के लिए मेहतर के अंदर आने का भी एक दरवाजा होता है। इसे भी वैसा ही एक दरवाजा समझना! कोई चाहे जिस मार्ग से प्रवेश करे, घर के अंदर जाने पर सभी लोग एक ही स्थान पर पहुँचते हैं। पर इसलिए इसका मतलब यह नहीं कि तुम भी वही मार्ग अपनाओ या उनके साथ जा मिलो! ऐसा कभी मत करो, परंतु साथ ही उनके प्रति द्वेषभाव भी मत रखो।"

□

ईश्वरार्पण

जो सरल भक्ति, विश्वास के साथ प्रभु के चरणों में सर्वस्व समर्पण कर देता है, उसे बहुत जल्दी ईश्वर-प्राप्ति होती है।

संसार में रहना या संसार का त्याग करना भगवान् की ही इच्छा पर निर्भर है। इसलिए उन्हीं पर सबकुछ सौंपकर अपना कर्तव्य किए जाओ। इसके सिवा तुम कर ही क्या सकते हो?

मैदान में जमा हुआ पानी किसी के इस्तेमाल न करने पर भी अपने आप धूप से सूख जाता है। पापी मनुष्य भी यदि ईश्वर के ऊपर निर्भर होकर पड़ा रहे तो उनकी दया से अपने आप पवित्र हो जाता है।

प्रश्न—संसार में हमें किस प्रकार रहना चाहिए?

उत्तर—सबकुछ भगवान् को समर्पित कर दो, स्वयं को भी समर्पित कर दो। ऐसा करने पर फिर कोई तकलीफ नहीं रह जाएगी। तब तुम देख पाओगे कि सबकुछ उन्हीं की इच्छा से हो रहा है।

मैं-पन बिल्कुल न रखते हुए, ईश्वर की ही इच्छा पर अपना सबकुछ सौंप देना—इससे बढ़कर सरल और सीधा रास्ता और नहीं है।

बंदर का बच्चा अपनी माँ को कसकर पकड़े हुए उससे लिपटा रहता है, परंतु बिल्ली का बच्चा पड़े-पड़े सिर्फ 'म्याऊँ-म्याऊँ' किया करता है, बिल्ली स्वयं ही उसे मुँह में पकड़कर उठा ले जाती है। बंदर का बच्चा अगर हाथ छोड़ दे तो नीचे गिर पड़ेगा, क्योंकि उसने स्वयं अपनी माँ को पकड़ रखा है। परंतु बिल्ली के बच्चे को गिरने का भय नहीं है, क्योंकि उसे उसकी माँ ने पकड़ रखा है। पुरुषकार और ईश्वर-निर्भरता में यही अंतर है।

एक आदमी अपने एक बच्चे को गोद में लिये और दूसरे बच्चे को अपना हाथ दिए हुए खेत की मेंड़ पर से चला जा रहा था। चलते-चलते आसमान में एक

चील को उड़ते देख दूसरा बच्चा, जो अपने पिता का हाथ पकड़कर चल रहा था, मारे खुशी के पिता का हाथ छोड़ ताली पीटते हुए 'पिताजी, देखो, कैसी चिड़िया है!' कहते हुए चिल्ला उठा। पर हाथ छोड़ते ही वह ठोकर खाकर गिर पड़ा। जो बच्चा पिता की गोद में था, वह भी खुश होकर तालियाँ बजा रहा था, पर वह नहीं गिरा—क्यों? पिता ने उसे पकड़ रखा था। इसमें से पहला बच्चा पुरुषकार का उदाहरण है और दूसरा ईश्वर-निर्भरता का।

राधा को एक बार अपने सतीत्व की परीक्षा देनी पड़ी। उन्हें एक हजार छेद वाले घड़े में पानी भरकर लाने को कहा गया। जब वे वह सहस्त्रधारा कलश भरकर चलने लगीं तो उसमें से एक बूँद भी पानी नहीं गिरा। यह देख सभी लोग उनकी प्रशंसा करते हुए कहने लगे कि ऐसी सती दूसरी न होगी। इस पर राधा ने कहा, "तुम लोग मेरा जयघोष क्यों करते हो? कहो, 'श्रीकृष्ण की जय हो, श्रीकृष्ण की जय हो।' मैं तो उनकी एक दासी मात्र हूँ।"

ईश्वर-निर्भरता कैसी होती है? जैसे कड़ी मेहनत करने के बाद तकिए से टेककर बैठे हुए आराम से हुक्का पीना! अर्थात् किसी तरह की फिक्र नहीं है, जो करना हो, ईश्वर ही करेंगे, यह भाव।

संसार में आँधी में उड़ने वाली जूठी पत्तल की तरह रहा करो। जूठी पत्तल आँधी के भरोसे निर्भर रहती है, आँधी उसे जहाँ उड़ा ले जाती है, वहीं जाती है। कभी किसी घर के भीतर, तो कभी कूड़े-कचरे में। इसी तरह प्रभु ने तुम्हें संसार में रख छोड़ा है, तो अभी संसार में रहो; फिर जब वे तुम्हें इससे अच्छी जगह पर ले जाएँगे, तब उनके भरोसे वहीं रहना। उन पर निर्भर होकर निर्लिप्त रूप से पड़े रहना।

□

इष्ट की आवश्यकता

घर की बहू सास-ससुर, जेठ-जेठानी सबका आदर-सम्मान करती है, सबकी सेवा करती है, किसी की अवज्ञा या उपेक्षा नहीं करती। परंतु अपने पति को वह सबसे अधिक चाहती है। इसी तरह तुम भी अपने इष्टदेवता पर दृढ़ एकनिष्ठ भक्ति रखो, पर अन्य देवी-देवताओं की अपेक्षा मत करो। सब देवों के प्रति श्रद्धा रखो, कारण—सभी देव एक ही परमेश्वर के रूप हैं।

चौसर के खेल में गोटी सब खानों का चक्कर लगाए बिना मंजिल पर नहीं पहुँचती। यदि दो गोटियाँ जोड़ी बाँधकर इकट्ठी चलें, तब उन्हें कोई काट नहीं सकता, नहीं तो अकेली गोटी मंजिल के पास पहुँचकर पकते-पकते भी कट सकती है। इसी प्रकार साधना के मार्ग पर भी यदि गुरु और इष्ट के साथ युक्त होकर आगे बढ़ा जाए तो विघ्न का भय नहीं रहता, यात्रा निर्विघ्न रूप से सफल हो सकती है।

कलकत्ता जाने के लिए कई रास्ते हैं। एक बार किसी मुसाफिर ने एक आदमी से कलकत्ता जाने का रास्ता पूछा। उस आदमी ने कहा, 'इस रास्ते से चले जाओ।' थोड़ी दूर चलकर उसने और एक जन से रास्ता पूछा। अपना पहला रास्ता वह छोड़ उसी पर चलने लगा। ऐसा करते हुए वह आखिर तक रास्तों पर ही भटकता रहा, कलकत्ता नहीं पहुँच पाया। यदि कलकत्ता जाना हो तो जो ठीक रास्ता जानता है, ऐसे एक ही व्यक्ति से रास्ता पूछकर उसी के निर्देशानुसार चलना चाहिए। इसी भाँति, यदि ईश्वर के निकट पहुँचना हो तो एक जन का निर्देश मानकर चलो, नहीं तो फिजूल भटकते फिरोगे।

एक आदमी कुआँ खोदने गया। थोड़ा सा खोदने के बाद ही पानी नहीं आते देख उसने वह जगह छोड़ दी और दूसरी जगह खोदना शुरू किया। पर जब बहुत सी जमीन खोद चुकने के बाद वहाँ भी पानी नहीं मिला, तब उसने वह जगह भी छोड़ दी और तीसरी जगह कुआँ खोदने लगा। पर फिर वही हाल हुआ। इस प्रकार

आखिर तक वह कुआँ नहीं खोद पाया। पहले ही स्थान पर यदि वह धीरज के साथ खोदता रहता तो उसे इतनी मेहनत भी नहीं करनी पड़ती और पानी भी मिल जाता। धर्ममार्ग पर भी इस तरह चलते हुए बहुत से लोग हताश होकर सारा विश्वास गँवा बैठते हैं।

स्त्री यदि अपने पति के प्रति एकनिष्ठ हो तो वह सती परलोक में भी अपने पति से जा मिलती है। इसी प्रकार अपने इष्टदेवता पर एकनिष्ठ भक्ति हो तो ईश्वर-दर्शन होता है।

□

सत्य

हृदय के भीतर भक्ति भाव रखो, कपट-चतुराई छोड़ दो। जो सांसारिक कर्म करते हैं, दफ्तर में काम या व्यापार करते हैं, उन्हें भी सत्यनिष्ठ होना चाहिए। सच बोलना कलियुग की तपस्या है।

सत्यवादी, सत्यनिष्ठ हुए बिना सत्यस्वरूप भगवान् की प्राप्ति नहीं हो सकती।

सत्य वचन के प्रति दृढ़निष्ठा होनी चाहिए। सत्य को दृढ़ता से पकड़े रहने पर ईश्वर-लाभ होता है।

मिथ्या का कोई भी रूप अच्छा नहीं। मिथ्या वेष भी अच्छा नहीं। यदि तुम्हारा मन तुम्हारे वेष के अनुकूल न हो तो उस मिथ्या वेष से महान् अनर्थ हो जाता है। झूठ बोलते-बोलते या बुरे काम करते-करते धीरे-धीरे मनुष्य का भय चला जाता है और वह पाखंडी बन बैठता है।

एक ऋणग्रस्त व्यक्ति ने अपने साहूकार से बचने के लिए पागल का स्वाँग रचा था। डॉक्टर, वैद्य कोई उसे सुधार नहीं पा रहे थे। उसका पागलपन बढ़ता ही जा रहा था। अंत में एक अनुभवी वैद्य ने बीमारी का सच्चा कारण ताड़ लिया और उसे डाँटते हुए कहा, "महाशय, यह आप क्या कर रहे हैं? सावधान हो जाइए। कहीं पागल की नकल करते-करते आप सचमुच ही पागल न बन जाएँ! इस थोड़े ही समय के अंदर आपके दिमाग में कुछ-कुछ ही सही, गड़बड़ी के लक्षण भी दिखाई देने लगे हैं।" यह सुनकर वह व्यक्ति होश में आया और उसने पागलपन का ढोंग करना छोड़ दिया। सदा किसी भाव की नकल करते रहने से मनुष्य धीरे-धीरे वास्तव में उसी भाव को प्राप्त हो जाता है।

□

ब्रह्मचर्य

जैसे काँच में यदि पारा लगा हुआ हो तो उसमें चेहरा दिखाई देता है, वैसे ही ब्रह्मचर्य पालन द्वारा वीर्य धारण करने से ब्रह्मदर्शन हो सकता है।

ब्रह्मचर्य पालन किए बिना, वीर्य धारण किए बिना, सूक्ष्म आध्यात्मिक तत्त्वों की धारणा नहीं होती।

शुकदेव आदि ऊर्ध्वरेता थे, उनका रेत:पात कभी नहीं हुआ। कुछ धैर्यरेता भी होते हैं। उनका पहले रेत:पात हुआ है, परंतु बाद में उन्होंने अखंड ब्रह्मचर्य का पालन कर वीर्य धारण किया है। यदि कोई बारह वर्ष तक धैर्यरेता रहे तो उसमें एक विशेष शक्ति उत्पन्न होती है। भीतर एक नई नाड़ी पैदा होती है, उसे 'मेधा नाड़ी' कहते हैं। वह नाड़ी पैदा होने से मनुष्य सब बातें स्मरण में रख सकता है, सबकुछ जान सकता है।

बारह वर्ष अखंड ब्रह्मचर्य का पालन करने पर मनुष्य की मेधा नाड़ी खुल जाती है। तब उसकी बुद्धि अत्यंत तीक्ष्ण, कुशाग्र तथा अतिसूक्ष्म तत्त्वों को भी धारण करने में समर्थ हो जाती है।

वीर्यपात करने से शक्ति का क्षय होता है। स्वप्नदोष से अपने आप कुछ निकल जाता है, उसमें हानि नहीं। वह खाद्य पदार्थ के दोष से होता है। परंतु फिर भी (साधक को) स्त्री-प्रसंग कभी नहीं करना चाहिए।

जिसने स्त्री-सुख का त्याग किया है, उसने तो जगन्मुख का त्याग किया है। वास्तविक रूप से ही ईश्वर उसके अत्यंत निकट है।

□

विवेक

इस प्रकार विवेक-विचार किया करो—कामिनी और कांचन अनित्य हैं, एकमात्र ईश्वर ही नित्य हैं। रुपए से क्या मिलता है? दाल-रोटी, कपड़े और रहने के लिए जगह। बस इतना ही, और कुछ नहीं। रुपए से निश्चित ही ईश्वर नहीं मिलते। रुपया हरगिज जीवन का उद्देश्य नहीं हो सकता। इसी को 'विवेक-विचार' कहा जाता है।

रुपए में क्या रखा है, सुंदर स्त्री की देह में भी क्या है? विचार करके देखो, सुंदरी की देह में सिर्फ हाड़, मांस, चमड़ी, चरबी, खून, मल, मूत्र यही सब है। पर आश्चर्य है कि मनुष्य ईश्वर को छोड़ इन्हीं चीजों में मन लगाता है!

विवेक और वैराग्य। विवेक अर्थात् सत्-असत् का विचार और वैराग्य अर्थात् संसार की वस्तुओं के प्रति विरक्ति-उदासीनता। यह एकाएक प्राप्त नहीं होता। इसके लिए नित्य अभ्यास करना पड़ता है। कामिनी-कांचन का त्याग पहले मन ही में करना चाहिए। फिर प्रभु की इच्छा से वह त्याग मन से और बाहर भी संभव हो जाता है। अभ्यास योग द्वारा कामिनी-कांचन के प्रति विरक्ति उत्पन्न होती है, यह गीता में है। अभ्यास द्वारा मन में असाधारण शक्ति पैदा होती है। तब इंद्रिय-संयम करने में, काम-क्रोध को वश में लाने में कष्ट नहीं उठाना पड़ता। जैसे कछुआ एक बार हाथ-पैर समेट लेने पर फिर उन्हें बाहर नहीं निकालता; कुल्हाड़ी से टुकड़े-टुकड़े कर डालने पर भी नहीं।

प्रश्न—क्या संसार मिथ्या है?

उत्तर—जब तक ईश्वर का ज्ञान नहीं होता, तब तक मिथ्या है। तब तक मनुष्य उन्हें भूलकर 'मैं-मेरा' करते हुए माया में बद्ध होकर कामिनी-कांचन के मोह में मुग्ध होकर संसार में और भी डूबता जाता है। माया के कारण मनुष्य इतना अंधा हो जाता है कि जाल में से भागने का रास्ता रहने पर भी नहीं भाग पाता। तुम लोग तो स्वयं ही देखते हो कि संसार कैसा अनित्य है! देखो न, यहाँ कितने लोग

आए और चले गए? कितने पैदा हुए और कितने मर मिटे। संसार इस क्षण है तो दूसरे ही क्षण नहीं! यह अनित्य है! जिन्हें तुम इतना 'मेरा-मेरा' कह रहे हो, तुम्हारे आँखें बंद करते ही वे कोई नहीं रहेंगे।

जाल में से निकलने की राह खुली है, फिर भी मछली भाग नहीं सकती। रेशम का कीड़ा अपनी ही लार से होश बनाकर उसमें फँसकर जान गँवा देता है। संसार इस प्रकार मिथ्या है, अनित्य है।

अहंकार को कैसे दूर करना चाहिए, जानते हो? चावल पकाते समय बीच-बीच में रुककर देखना पड़ता है; यदि काँड़ना ठीक नहीं हुआ हो तो फिर काँड़ना पड़ता है। तराजू पर कोई वस्तु तौलते समय जब तक काँटा ठीक न हो, तब तक ठहरकर देखना पड़ता है। मैं समय-समय पर स्वयं को गालियाँ देकर देखता था कि मुझमें अहंकार उठता है या नहीं, और विचार करता था, 'भला, यह शरीर क्या है? सिर्फ हाड़-मांस का ढाँचा! इसके अंदर क्या है? खून, पीव आदि गंदी चीजें! जिस शरीर के भीतर सदा मल भरा हुआ है, उस पर भला इतना अहंकार क्यों किया जाए?'

मान लो, हाँड़ी में चावल पक रहा है। चावल पका है कि नहीं, यह देखने के लिए तुम उसमें से एक ही सीथ लेकर उसे दबाकर देखते हो और उसी पर से समझ लेते हो कि चावल पका है या नहीं। तुम चावल के सभी सीथों को एक-एक करके परखकर नहीं देखते, फिर भी यह समझ लेते हो। यहाँ जिस प्रकार पूरा चावल पक चुका है या कच्चा है, यह एक सीथ को देखकर तुम समझ लेते हो, उसी प्रकार यह संसार सत् है या असत्, नित्य है या अनित्य; यह भी तुम संसार की दो-चार वस्तुओं को परखकर ही जान सकते हो। मनुष्य जनमता है, कुछ दिन जीता है, फिर मर जाता है; पशु का भी यही हाल होता है और वृक्ष का भी। विचार करके देखने पर तुम्हारी समझ में आ जाता है कि जो भी वस्तु नाम और रूप से युक्त है, उसकी यही गति है। पृथ्वी, सूर्यलोक, चंद्रलोक—सभी के नाम और रूप हैं, अतएव उनकी भी यही गति है। इस प्रकार, जब तुम जान लेते हो कि सारे संसार का यही स्वभाव है, तब तुम्हें संसार की सभी वस्तुओं का स्वाभाविक ज्ञान हो जाता है या नहीं? इसी तरह जब तुम संसार को सचमुच ही अनित्य, असत् अनुभव करोगे, तब तुम उस पर प्यार नहीं कर सकोगे। तब तुम उसे बिल्कुल मन से त्यागकर वासनारहित बन जाओगे। और जब तुम इस प्रकार पूर्ण त्याग करने में समर्थ होओगे, तभी तुम जगत्कारण परमेश्वर के दर्शन पाओगे। इस तरह से जिसने ईश्वर-दर्शन प्राप्त कर लिया, वह व्यक्ति यदि सर्वज्ञ नहीं हुआ तो फिर क्या हुआ?

□

उद्यमशीलता

किसान लोग बैल खरीदने जाकर अच्छा बैल कैसे पहचानते हैं, जानते हो? इस बारे में वे बड़े जानकार होते हैं। वे बैल की पूँछ पर हाथ लगाकर देखते हैं। जिस बैल में दम नहीं होता, वह पूँछ पर हाथ लगाने पर अंग ढीला कर जमीन पर लेट जाता है। परंतु जो बैल फुरतीला, तेज होता है, वह पूँछ को छूते ही चिढ़कर उछलने लगता है। किसान लोग ऐसे ही बैल को खरीदा करते हैं।

जीवन में सफलता पानी हो तो अपने भीतर पुरुषार्थ, मर्दपना रखना चाहिए। कई लोग ऐसे होते हैं, जिनमें कोई दम ही नहीं होता, मानो दूध में भिगोया हुआ चिउड़ा हो, नरम और ठंडा! भीतर कोई जोर ही नहीं! उद्यम करने की सामर्थ्य नहीं! इच्छाशक्ति नहीं! ऐसे लोग जीवन में कभी सफल नहीं होते!

बड़ी मछली पकड़नी हो तो मनुष्य को पानी में बंसी डालकर घंटों धीरज धरकर बैठे रहना पड़ता है, तब कहीं बड़ी मछली फँसती है। इसी तरह जो धैर्य के साथ साधन-भजन करता रहता है, उसे अंत में अवश्य ही भगवान् की कृपा का लाभ होता है।

जो पुश्तैनी किसान होता है, वह बारह वर्ष सूखा पड़ने पर भी खेती नहीं छोड़ता, पर जो आदमी हाल में ही खेती की ओर बढ़ा है, वह एक साल बारिश न हो तो खेती करना छोड़ देता है। यथार्थ विश्वासी भक्त सारे जीवन में ईश्वर के दर्शन न मिलने पर भी हताश होकर साधना छोड़ता नहीं।

अगर तैरना सीखना हो तो पहले काफी दिनों तक पानी में हाथ-पैर पटकते हुए प्रयत्न करना पड़ता है, एक ही बार में तैरना नहीं आ जाता। इसी प्रकार, यदि ब्रह्मसागर में गोते लगाना हो तो पहले कई बार चढ़ना-उतरना पड़ता है, एक ही बार में नहीं होता।

बछड़ा बीसों बार गिरता और बीसों बार उठता है, तब कहीं ठीक खड़ा होना सीखता है। साधना में भी अनेक बार गिरना और उठना पड़ता है, तब जाकर सिद्धि मिलती है।

दो साधक रात्रि के समय श्मशान में जाकर शव-साधना करने बैठे। उनमें से एक जन प्रथम प्रहर में ही सामने उपस्थित होने वाले भीषण दृश्यों को देखकर डर के मारे पागल हो गया, परंतु दूसरे साधक को अंतिम प्रहर में जगदंबा के दर्शन हुए। तब उसने देवी से पूछा, "माँ, भला वह पागल क्यों हो गया?" "बच्चा, इसके पहले कितने जनमों में, कितने ही बार तू भी इस तरह पागल हो चुका है, तब कहीं आज तुझे मेरे दर्शन हुए।"

प्रश्न—कभी-कभी कुछ समय के लिए मन में कैसा उच्च भाव आता है, परंतु वह अधिक समय तक टिकता नहीं। ऐसा क्यों होता है?

उत्तर—बाँस की आग जल्दी बुझ जाती है; उसे फूँक-फूँककर प्रज्वलित रखना पड़ता है। मन में उच्च भाव जाग्रत् रखने के लिए निरंतर साधना करनी पड़ती है।

घड़े में पानी भरकर छींके पर टाँग दो तो कुछ ही दिनों में पानी सूख जाता है; परंतु घड़े को यदि गंगा में डुबोए रखो तो पानी कभी नहीं सूखता। इसी भाँति, जो एक-दो दिन प्रेम-भक्ति करके ही निश्चिंत रहता है, उसकी भक्ति दो दिन के छींके पर टँगे घड़े के पानी की तरह सूख जाती है। परंतु जो ईश्वर के प्रेम में नित्य डूबा रहता है, उसकी प्रेम-भक्ति कभी नहीं सूखती।

जब तक नीचे आग है, तभी तक दूध उफनकर ऊपर को उठता है, आग को हटा लेने पर वह फिर ज्यों-का-त्यों हो जाता है। साधना-अवस्था में भी जब तक साधना की अग्नि जलती रहती है, तभी तक मन ऊर्ध्वगामी रहता है।

मनुष्य के भीतर भगवद् भाव कब तक बना रहता है? लोहा जब तक आग में रहता है, तभी तक लाल रहता है, आग के बाहर निकलते ही फिर वह काला हो जाता है। इसी तरह मनुष्य जब तक भगवान् के साथ युक्त रहता है, तभी तक उसमें भगवद् भाव बना रहता है।

मन मानो घुँघराले बाल की तरह होता है। घुँघराले बाल को जब तक खींचकर रखो, तब तक वह सीधा रहता है, छोड़ देने पर फिर सिकुड़ जाता है। इसी भाँति, मन को भी जब तक जबरदस्ती खींचकर वश में रखा जाता है, तभी तक वह ठीक रहता है, ढीला छोड़ते ही गड़बड़ करने लगता है।

श्रीमत् तोतापुरी कहा करते थे, "लोटे को यदि रोज न माँजा जाए तो काला पड़ जाता है। यदि नित्य ध्यान न किया जाए तो चित्त अशुद्ध हो जाता है।" इसके उत्तर में श्रीरामकृष्ण ने एक बार कहा था, "लोटा अगर सोने का हो तो न माँजने पर भी काला नहीं पड़ता।" अर्थात् सच्चिदानंद की प्राप्ति हो जाने पर फिर जप-तपादि साधनों की आवश्यकता नहीं रह जाती।

□

साधना

पिछले तालाब का पानी पीना हो तो उसे न खलबलाकर ऊपर से धीरे-धीरे पानी लेना चाहिए। ज्यादा खलबलाने से नीचे का कीचड़ ऊपर आकर सारा पानी गंदा हो जाता है। यदि तुम सच्चिदानंद का भाव करना चाहते हो तो गुरु के उपदेश पर विश्वास रखकर धीरज के साथ साधना किए चलो। वृथा शास्त्र-विचार या तर्क-वितर्क में मत पड़ो, नहीं तो तुम्हारी क्षुद्र बुद्धि गड़बड़ा जाएगी।

यदु मल्लिक का मकान कहाँ है, बगीचा कहाँ है, उसके पास कितनी धन-संपत्ति है; इन सब बातों की खोज-खबर बहुत लोग किया करते हैं, परंतु प्रत्यक्ष यदु मल्लिक को देखने या उसके निकट जाकर बातचीत करने का कष्ट कितने लोग उठाते हैं? शास्त्र चर्चा, धर्म संबंधी चर्चा तो बहुत लोग करते हैं, परंतु इनमें से कितने लोग ईश्वर के दर्शन करने की इच्छा रखते हैं या उनके निकट जाने के लिए उद्यम करते हैं?

तुम तो वस्तु प्राप्त करना चाहते हो, उसके अनुरूप साधना करो। नहीं तो कैसे होगा? 'दूध में मक्खन है' कहकर सिर्फ चिल्लाने से मक्खन नहीं मिल जाएगा। यदि मक्खन चाहते हो तो दूध का दही जमाओ, उसे अच्छी तरह मथो, तभी मक्खन निकलेगा। इसी तरह, यदि तुम ईश्वर दर्शन करना चाहते हो तो साधना करो, तभी उनके दर्शन पाओगे। 'ईश्वर, ईश्वर' कहकर सिर्फ शोरगुल मचाने से क्या फायदा?

यदि राजा से मिलना हो तो उसके महल में जाकर सातों ड्योढ़ियों को पार करना होगा, परंतु यदि पहली ही ड्योढ़ी पार करके कोई कहे, "राजा कहाँ है?" तो कैसे होगा? सातों ड्योढ़ियों को पार करने के बाद ही न राजा दिखाई देंगे!

कर्म करना चाहिए, तभी ईश्वर-दर्शन होते हैं। एक दिन मैंने भावावस्था में

हालदार-पुकुर को देखा। देखा, एक नीची जाति का आदमी काई हटाकर पानी भर रहा है और बीच-बीच में एक-एक बार हाथ में लेकर देख रहा है। मानो उसने यह दिखाया कि काई हटाए बिना पानी दिखाई नहीं देता। कर्म किए बिना भक्ति नहीं होती, ईश्वर-दर्शन नहीं होते। ध्यान, जप यही कर्म है, उनका नाम गुण-कीर्तन भी कर्म है, और दान, यज्ञ—ये सब भी कर्म ही हैं।

स्वयं श्रीकृष्ण ने भी राधायंत्र लेकर कितनी साधनाएँ की थीं! यंत्र ब्रह्मयोनि है, साधना यानी उसी की पूजा और ध्यान करना। इस ब्रह्मयोनि से कोटि-कोटि ब्रह्मांडों की सृष्टि हो रही है।

साधना की गति तीन प्रकार की होती है—पक्षी गति, वानर गति तथा पिपीलिका गति।

पक्षी गति—मानो चिड़िया ने एक फल पर जोर से चोंच मारी, वह फल नीचे गिर पड़ा, चिड़िया उसे ले नहीं सकी। इस प्रकार कुछ साधक इतनी अधीरता के साथ साधना करते हैं कि उनके प्रयत्न सफल नहीं हो पाते।

वानर गति—बंदर मुँह में फल को पकड़कर एक डाली से दूसरी डाली पर कूदता गया, फल मुँह से छूटकर नीचे गिर पड़ा। साधक यदि अपने आदर्श को दृढ़ता के साथ पकड़े न रखे तो इस सदा परिवर्तनशील जीवन के विभिन्न घटनाचक्र में पड़कर कभी-कभी वह उसे खो बैठता है।

पिपीलिका गति—पिपीलिका (चींटी) धीरे-धीरे बढ़ती हुई खाद्य वस्तु के निकट जाती है और उसे मुँह में लेकर धीरे-धीरे अपनी जगह पर लौटकर उसका मजा चखती है। यही पिपीलिका गति की साधना ही श्रेष्ठ साधना है। इसमें फल की प्राप्ति और उसका उपभोग बिल्कुल निश्चित है।

जिसे मछली पकड़ने का शौक है, वह अगर सुने कि अमुक तालाब में अच्छी बड़ी-बड़ी मछलियाँ हैं तो वह पहले, जिन्होंने उस तालाब से मछली पकड़ी है, उनके पास जाता है और पूछता है, "क्या उस तालाब में सचमुच ही बड़ी मछलियाँ हैं? और अगर हों तो कौन सा चारा लगाने से वे फँसती हैं?" इन सब जरूरी बातों की जानकारी इकट्ठा करके वह उस तालाब में जाकर बंसी लगाकर बैठता है। काफी समय तक धीरज के साथ बैठे रहने के बाद अंत में उसकी बंसी में बड़ी मछली आ फँसती है। धर्म मार्ग में भी इसी प्रकार, साधु-महापुरुषों की बात पर विश्वास रखकर, भक्तिरूपी चारा लगाकर, हृदयरूपी बंसी डाले धैर्य के साथ बैठे रहना पड़ता है, तभी अंत में भगवान् की प्राप्ति होती है।

श्रीरामकृष्ण सदा कहते थे, "क्या तुम मेरे आदेश का सोलह आना पालन कर सकोगे? मैं जो कहता हूँ, उसका एक आना भी यदि तुम कर सको तो तुम्हारी मुक्ति निश्चित है।"

आत्मज्ञान-लाभ के लिए साधना अत्यंत आवश्यक है, परंतु यदि दृढ़ विश्वास रहे तो थोड़ी ही साधना से काम बन जाता है।

एक बार यदि किसी का भगवान् की शक्ति पर विश्वास हो जाए और वह सतत नाम जपने लगे तो फिर उसके लिए विवेक-विचार या अन्य किसी भी तरह के साधन-भजन की आवश्यकता नहीं रह जाती। उसके सब संदेह दूर हो जाते हैं, चित्त शुद्ध हो जाता है; नाम की शक्ति से स्वयं भगवान् का साक्षात्कार हो जाता है।

वेद-पुराण का श्रवण करना पड़ता है, परतंत्र का प्रत्यक्ष अनुष्ठान करना पड़ता है। हरिनाम मुख से बोलना और कान से सुनना भी पड़ता है, जैसे किसी-किसी बीमारी में दवा खानी भी पड़ती है और लगानी भी।

सिद्ध दो तरह के होते हैं—साधनसिद्ध और कृपासिद्ध। कोई-कोई बड़ी मेहनत करके नहर काटकर या पानी खींचकर खेत को सींचते हैं, तब कहीं उन्हें अच्छी फसल मिलती है। परंतु किसी-किसी को पानी लाने या खींचने का कष्ट ही नहीं उठाना पड़ता, बारिश आकर खेत में अपने आप पानी भर जाता है। माया के हाथों से छुटकारा पाने के लिए प्रायः सभी को कष्टसाध्य साधन-भजन करना पड़ता है। परंतु कृपासिद्ध को कष्ट नहीं उठाना पड़ता, ईश्वर की कृपा से वह वैसे ही मुक्त हो जाता है। परंतु ऐसे कृपासिद्ध विरले ही होते हैं।

□

एकाग्रता तथा ध्यान

ध्यान और चिंतन-मनन का सतत अभ्यास करना चाहिए।

संध्या हो जाने पर सब काम छोड़कर ईश्वर-चिंतन करना चाहिए। अँधेरा छा जाने पर मन में अपने आप ईश्वर का विचार उठता है। 'अभी-अभी सबकुछ दिखाई दे रहा था, पर अब तो सब अँधेरे में ओझल हो गया! ऐसा किसने किया?' इस तरह के विचार आते हैं। इसीलिए संध्या के समय सब काम छोड़कर उन्हें पुकारना चाहिए। देखा नहीं, मुसलमान लोग कैसे सब काम छोड़कर ठीक समय पर नमाज पढ़ते हैं!

अगर सरसों की पुड़िया में से एक बार सरसों के दाने बिखर गए तो फिर उन्हें चुनकर इकट्ठा करना जिस प्रकार दूभर हो जाता है, उसी प्रकार मनुष्य का मन यदि एक बार संसार के विषयों में बिखर जाए तो फिर उसे समेटकर एकाग्र करना दूभर हो जाता है।

प्रथम अवस्था में निर्जन स्थान में जाकर एकाग्रचित्त से ईश्वर-चिंतन करना चाहिए, नहीं तो मन में नाना विक्षेप आते हैं। दूध और पानी को यदि एकत्र कर दो तो दूध पानी में मिल जाएगा; परंतु यदि उसी दूध का मक्खन बना लो तो वह पानी में उतरता रहेगा, मिलेगा नहीं। इसी तरह साधना-अभ्यास द्वारा चित्त की एकाग्रता प्राप्त कर लेने पर मनुष्य चाहे जिस परिस्थिति में रहे, उसका मन उससे ऊपर ऊठकर ईश्वर में ही लीन रहता है।

श्रीरामकृष्ण कभी-कभी अपने शिष्यों से कहा करते थे, "ध्यान आरंभ करने के पहले एक बार (अपनी ओर दिखाते हुए) इसका चिंतन कर लिया करना। यह क्यों कहता हूँ, जानते हो? इस पर तुम लोगों का विश्वास है, इसलिए इसके बारे में सोचते ही भगवान् की याद आ जाएगी। जैसे गौओं के झुंड को देखते ही चरवाहे की बात याद आती है, वकील को देखते ही अदालत-कचहरी की बात

याद आती है, बेटे को देखते ही उसके बाप की याद आती है, वैसे ही। मन नाना विषयों में बिखरा रहता है, इसके बारे में सोचते ही पूरा मन एक जगह सिमट जाएगा और उस एकाग्र मन को ईश्वर-चिंतन में लगाने पर ठीक-ठीक ध्यान हो सकेगा।"

मन को एकाग्र करने का सबसे सरल उपाय है, उसे दीप की शिखा पर स्थित करना। शिखा के सबसे भीतर का नीला भाग मानो कारण शरीर है। उस पर मन को स्थिर करने से मन शीघ्र ही एकाग्र हो जाता है। इस नीली ज्योति के बाहर का भाग मानो सूक्ष्म शरीर है और उसके भी बाहर का भाग स्थूल शरीर।

अपनी साधनावस्था का उल्लेख करते हुए श्रीरामकृष्ण भक्तों से कहा करते थे, "उस समय इष्ट-चिंतन और ध्यान करने के पहले ऐसा सोचा करता था, मानो मन को अच्छी तरह से धो ले रहा हूँ; मन के भीतर (कुचिंता, वासना आदि) जो कुछ मैल या गंदगी है, वह सब अच्छी तरह धोकर मन को स्वच्छ कर लेने के बाद उसमें इष्टदेव को लाकर बिठा रहा हूँ। ऐसा किया करो।"

ध्यान करते समय ऐसा चिंतन किया करो, मानो तुम अपने मन को रेशम की रस्सी से इष्टदेवता के चरण-कमलों के साथ बाँधकर रख रहे हो, ताकि वे वहाँ से और कहीं न जा पाएँ! रेशम की रस्सी किसलिए कह रहा हूँ? क्योंकि वे चरणकमल अत्यंत कोमल हैं, दूसरी रस्सी से बाँधने पर उन्हें कष्ट होगा, इसलिए।

ध्यान करते समय बीच-बीच में साधक को एक प्रकार की नींद सी आया करती है, उसे 'योगनिद्रा' करते हैं। इस अवस्था में कई साधकों को ईश्वरीय रूपों के दर्शन होते हैं।

सात्त्विक मनुष्य किस प्रकार ध्यान करता है, जानते हो? वह गहरी रात के समय मसहरी के भीतर बिछौने पर बैठकर ध्यान किया करता है, ताकि कोई जान न पाए।

ईश्वर में बिल्कुल एकरूप हो जाओ, जैसे धातु तेजाब में गलकर एक हो जाती है।

मन के स्थिर होने पर श्वास स्थिर होता है, कुंभक हो जाता है। यह कुंभक भक्तियोग द्वारा भी होता है, तीव्र भक्ति से भी श्वास स्थिर हो जाता है। गहरे ध्यान में ध्येय वस्तु का यथार्थ स्वरूप प्रकट होकर ध्याता के अंत:करण को प्रकाशित कर देता है।

एक दिन एक मैदान पर से चलते हुए अवधूत ने देखा कि सामने से ढोल-नगाड़े बजाते-बजाते, बड़ी धूमधाम के साथ एक बारात आ रही है। पास ही में एक बहेलिया दत्तचित्त होकर एक चिड़िया पर निशाना साध रहा है। वह अपने लक्ष्य में इतना तल्लीन था कि इतने नजदीक से इतनी धूमधाम के साथ आने वाली बारात की ओर उसने एक बार भी नजर उठाकर नहीं देखा। अवधूत ने उस बहेलिए को नमस्कार करते हुए कहा, "महाराज! आप मेरे गुरु हैं। जब मैं ध्यान करने बैठूँ, तब मेरा मन भी इसी तरह ध्येय वस्तु पर एकाग्र रहे।"

एक आदमी मछली पकड़ रहा था। अवधूत ने उसके निकट जाकर पूछा, "भाई, अमुक जगह जाने का रास्ता कौन सा है?" उस समय उसकी बंसी हिलने लगी थी। मछली काँटे में लगे चारे को खाने लगी थी। वह आदमी बंसी की ओर एकटक देखते हुए निःस्तब्ध बैठा रहा। जब मछली काँटे में फँस गई तो उसे निकालकर वह अवधूत की ओर मुड़कर बोला, "आप क्या कह रहे थे?" अवधूत ने उसे प्रणाम करते हुए कहा, "आप मेरे गुरु हैं। जब मैं परमात्मा के ध्यान में बैठूँ, तब मैं इसी तरह कार्य सिद्ध हुए बिना दूसरी ओर ध्यान न दूँ।"

किसी तालाब के किनारे एक बगुला एक मछली को पकड़ने के लिए बड़ी सावधानी से धीरे-धीरे आगे बढ़ रहा था और पीछे से एक बहेलिया उस बगुले पर निशाना लगा रहा था, पर बगुले का उस ओर तनिक भी ध्यान नहीं था। अवधूत ने उस बगुले को नमस्कार करते हुए कहा, "जब मैं ध्यान में बैठूँ, तब मैं भी इसी प्रकार पीछे मुड़कर न देखूँ।"

कहावत है कि जो ध्यानसिद्ध है, उसके लिए मुक्ति निश्चित है। ध्यानसिद्ध किसे कहते हैं, जानते हो? जो ध्यान में बैठते ही भगवद्भाव में विभोर हो जाता है।

गहरे ध्यान में मनुष्य बाह्यज्ञान रहित हो जाता है। ध्यान में इतनी एकाग्रता आ जाती है कि दूसरा कुछ भी दिखाई-सुनाई नहीं देता, यहाँ तक कि स्पर्श का भी बोध नहीं रहता। इस समय यदि देह पर से साँप भी चला जाए, तो न तो जो ध्यान कर रहा है, उसे पता चलता है और न उस साँप को ही।

जो ध्यान करते हुए इतना मग्न हो जाता है कि सिर पर चिड़ियों के बैठने पर भी समझ नहीं पाता, वही ठीक-ठीक ध्यान करता है।

ध्यान गहरा होने पर इंद्रियों के सभी कार्य बंद हो जाते हैं। मन की बहिर्मुख वृत्ति एकदम रुक जाती है, मानो घर का बाहरी दरवाजा बंद हो गया है! इंद्रियों

के पाँचों विषय—शब्द, स्पर्श, रूप, रस, गंध-बाहर पड़े रह जाते हैं। पहले-पहले ध्यान के समय इंद्रियों के सब विषय सामने आते हैं, परंतु ध्यान के गंभीर होने पर वे फिर नहीं आते; बाहर पड़े रहते हैं।

तुम चाहे जिस मार्ग से जाओ, मन के स्थिर हुए बिना योग नहीं होता। मन योगी के वश में होता है, योगी कभी मन के वश में नहीं होता।

□

ब्रह्म

ब्रह्म क्या है, यह मुख से कहा नहीं जा सकता। जिसने कभी समुद्र नहीं देखा, ऐसे व्यक्ति को यदि समुद्र कैसा होता है, यह समझाना पड़े तो इतना ही कहा जा सकता है, "ओह! वह बहुत ही विशाल जलाशय है, चारों ओर पानी ही पानी है!"

वेद, तंत्र, पुराण आदि सभी शास्त्र जूठे हो चुके हैं, क्योंकि उनका मुख से उच्चारण किया गया है, उन्हें पढ़ा गया है। केवल एक वस्तु जूठी नहीं हो पाई, वह है ब्रह्म। ब्रह्म क्या है, यह आज तक कोई बता नहीं पाया।

ब्रह्म कैसा है? ब्रह्म निर्गुण, निष्क्रिय, अचल, अटल, सुमेरुवत् है।

ब्रह्म भला-बुरा दोनों से निर्लिप्त है। वह दीपक की ज्योति की तरह है। दीपक के प्रकाश में कोई भागवत पढ़ता है, तो कोई जाली नोट बनाता है, पर दीपक निर्लिप्त रहता है। ब्रह्म मानो साँप के जैसा है। साँप के दाँतों में विष होता है, उसके काटने पर दूसरे लोग मर जाते हैं, पर उससे स्वयं साँप को कुछ नहीं होता। इसी तरह जगत् में दुःख, पाप, अशांति आदि जो कुछ है, वह सब जीव के लिए है। ब्रह्म इस सबसे निर्लिप्त है। भला-बुरा, सत्-असत् सब जीव के लिए है, ब्रह्म के लिए यह सब कुछ भी नहीं। वह इस सबके परे है।

ब्रह्म ज्ञान-अज्ञान, पाप-पुण्य, धर्म-अधर्म सबके परे है। वह सब प्रकार के द्वैत से अतीत है।

ब्रह्म मन-वाणी, ध्यान-धारणा, ज्ञाता-ज्ञान-श्रेय, सत्-असत् सबके परे है। वह सब प्रकार की सापेक्षता के परे है।

ब्रह्म वायु की तरह है, जो सुगंध और दुर्गंध दोनों को ले जाती है, पर स्वयं दोनों से निर्लिप्त रहती है।

ब्रह्म सब गुणों से, सभी मायिक संबंधों से अतीत है।

ब्रह्म ही द्वैत प्रपंच की सत्ता है।

ब्रह्म ही सत्य, नित्य है, उसकी जीव-जगत् के रूप में लीला असत्, अनित्य है।

'जगत् मिथ्या है' कहना आसान है, पर वास्तव में इसका अर्थ क्या है? जानते हो? जैसे कपूर के जलने पर कुछ भी नहीं बचता। लकड़ी के जलने पर कम-से-कम राख तो बच रहती है। विचार के अंत में समाधि होती है, तब 'मैं' 'तुम' 'जगत्' इस सबका पता ही नहीं रहता।

शिष्य को उपदेश देने के लिए गुरु ने दो उँगलियाँ उठाकर संकेत किया—'ब्रह्म और माया।' फिर एक उँगली नीचे कर संकेत किया—'माया के दूर हो जाने पर ब्रह्म ही रह जाता है, जगत् ब्रह्ममय हो जाता है।'

समाधि अवस्था में ब्रह्मज्ञान होता है। उस अवस्था में सब विचार सत्-असत्, जीव-जगत्, ज्ञान-अज्ञान आदि बंद हो जाता है, सब शांत हो जाता है, तब केवल 'अस्ति' मात्र रह जाता है। नमक की पुतली समुद्र की गहराई नापने जल में उतरी, पर उतरते ही समुद्र के साथ एक हो गई, फिर गहराई की खबर कौन दे? यही ब्रह्मज्ञान है।

प्रश्न—अखंडस्वरूप आत्मा खंडित जीवात्माओं में कैसे विभक्त हुआ?

अद्वैतवादी तार्किक अपनी विचार-बुद्धि के बल पर इसका उत्तर नहीं दे सकता। उसे यही कहना पड़ता है कि 'मैं नहीं जानता'। ब्रह्मज्ञान होने पर ही इसका योग्य उत्तर मिल सकता है। जब तक मनुष्य कहता है, 'मैं जानता हूँ' या 'मैं नहीं जानता' तब तक वह स्वयं को एक व्यक्ति समझता है। तब तक उसे इस विविधता के सत्य को मानना पड़ता है, वह इसे भ्रम नहीं कह सकता। परंतु जब व्यक्तित्व-बोध का, मैं-पन का संपूर्ण विनाश हो जाता है, तब समाधिस्थ होकर ब्रह्मज्ञान प्राप्त होता है। तब सत्-असत्, वास्तव-भ्रम आदि संबंधी सब प्रश्नों का सदा के लिए विराम हो जाता है।

जब तक 'मैं' बोध है, तब तक निरुपाधिक भी है और सोपाधिक भी; नित्य भी है और लीला भी; निर्गुण भी है और सगुण भी; निराकार भी है और साकार भी; एक भी है और बहु भी।

समाधि अवस्था में उपलब्ध ब्रह्म मानो दूध है, साकार-निराकार ईश्वर मानो माखन है, और चौबीस तत्त्वों से बना जगत् मानो छाछ। तुम माया के राज्य में हो, तब तक तुम्हें माखन और छाछ—ईश्वर और जगत्—दोनों को स्वीकार करना होगा।

अद्वैतवादी को ऐसा नहीं कहना चाहिए कि मेरा ही मत ठीक है, सगुण-साकार ईश्वर के मानने वालों का मत ठीक नहीं। ईश्वर के साकार रूप भी कम सत्य नहीं, देह, मन या बाह्य जगत् की अपेक्षा वे अनंत गुना सत्य हैं।

अद्वैत के बारे में कुछ कहने जाओ तो द्वैत आ ही जाता है। निरुपाधिक सत्ता का वर्णन करते समय सोपाधिक की सत्यता माननी ही पड़ती है। कारण, जब तक समाधि न प्राप्त हो, तब तक तुम्हारी अद्वैत की धारणा द्वैतात्मक ही रहती है। तुम उसका निरपेक्ष वर्णन नहीं कर सकते, उसमें तुम्हारे स्वयं के व्यक्तित्व का रंग चढ़ ही जाता है।

जब तक 'अहं' है, तब तक साकार ईश्वर भी सत्य हैं; जीव-जगत् के रूप में उनकी लीला भी सत्य है।

□

ईश्वर, माया, शक्ति

भगवान् जब निष्क्रिय अवस्था में होते हैं, सृष्टि, स्थिति, प्रलय आदि कार्य नहीं करते, तब उन्हें मैं ब्रह्म या पुरुष कहता हूँ। और जब क्रियाशील रूप में सृष्टि, स्थिति, प्रलय आदि कार्यों के कर्ता के रूप में उनका विचार करता हूँ, तब उन्हें शक्ति, माया या प्रकृति कहता हूँ।

सांख्य दर्शन के अनुसार, किस प्रकार पुरुष और प्रकृति से जगत् की उत्पत्ति हुई, इस बात को समझाते हुए श्रीरामकृष्ण ने एक बार कहा था, "वे कहते हैं, पुरुष अकर्ता है, वह कुछ नहीं करता; प्रकृति ही सब कार्य करती है। पुरुष प्रकृति के सब कार्यों के साक्षी के रूप में देखा करता है। प्रकृति भी पुरुष को छोड़कर अकेली और कार्य नहीं कर सकती। घर में विवाह के समय देखा नहीं? घर का मालिक तो कामकाज का हुक्म देकर स्वयं आराम से बैठकर हुक्का पीता है, परंतु गृहिणी कपड़े में हल्दी के दाग लगाकर घर भर में एक बार इधर, एक बार उधर, दौड़ लगाती हुई देखती रहती है कि यह काम हुआ या नहीं, वह काम किया जा रहा है या नहीं; घर में जो आते हैं, उनका स्वागत-सत्कार करती है और बीच-बीच में मालिक के पास आकर हाथ-मुँह हिलाते हुए खबर देती जाती है, 'यह ऐसा हुआ, वह वैसा हुआ; यह करना होगा, वह नहीं किया जाएगा' आदि। मालिक तंबाकू पीते-पीते सबकुछ सुनता जाता है और सिर हिलाते हुए 'हूँ, हूँ' करके अपनी सम्मति देता जाता है। प्रकृति-पुरुष का काम भी ऐसा ही होता है।

वस्तुतः ब्रह्म और शक्ति अभिन्न हैं। जो सच्चिदानंद हैं, वे ही सच्चिदानंदमयी हैं। जैसे मणि और उसकी प्रभा। 'मणि' कहते ही उसकी प्रभा का बोध होता है और 'मणि की प्रभा' कहते ही मणि का बोध होता है। मणि को सोचे बिना उसकी प्रभा को नहीं सोचा जा सकता है और मणि की प्रभा को सोचे बिना मणि को नहीं।

ब्रह्म और शक्ति अभिन्न हैं। एक को मानने से दूसरे को भी मानना पड़ता है। जैसे अग्नि और दहनशक्ति। दहनशक्ति के सिवा अग्नि को सोचा नहीं जा सकता, फिर अग्नि को छोड़कर उसकी दहनशक्ति को नहीं सोचा जा सकता। वैसे ही सूर्य को छोड़ सूर्य की किरणों को सोचा नहीं जा सकता और सूर्य-किरणों को छोड़ सूर्य को नहीं सोचा जा सकता। दूध को छोड़ दूध के धवलत्व का विचार नहीं किया जा सकता; फिर दूध के धवलत्व के बिना दूध का विचार नहीं हो सकता। इसी प्रकार, ब्रह्म को छोड़ शक्ति को और शक्ति को छोड़ ब्रह्म को नहीं सोचा जा सकता।

ब्रह्म और शक्ति अभिन्न हैं, जैसे—अग्नि और दहनशक्ति। ब्रह्म और शक्ति अभेद्य हैं, जैसे—दूध और उसका धवलत्व। ब्रह्म और शक्ति अभेद्य हैं, जैसे—मणि और उसकी प्रभा। तुम इनमें से एक को छोड़ दूसरे को सोच ही नहीं सकते।

जहाँ कहीं कार्य है, सृष्टि, स्थिति, प्रलय है, वहीं शक्ति है, परंतु जल स्थिर रहने पर भी जल है और तरंगपूर्ण होने पर भी जल ही है। वह सच्चिदानंद ही आद्याशक्ति है।

जैसे मैं कभी वस्त्र पहने रहता हूँ तो कभी वस्त्रहीन, वैसे ही ब्रह्म भी कभी सगुण हैं, तो कभी निगुण। ब्रह्म जब शक्ति के साथ संयुक्त होता है, तब उसे सगुण ब्रह्म कहते हैं, वही ईश्वर है।

यह जान रखो कि मेरी जगज्जननी माँ एक है और अनेक भी, फिर वह एक और अनेक के परे भी है।

मेरी ब्रह्ममयी माँ ही सबकुछ बनी है। वह आद्याशक्ति ही जीव-जगत् बनी है। वही अनंत शक्तिस्वरूपिणी जगत् में दैहिक, बौद्धिक, नैतिक, आध्यात्मिक आदि विविध शक्तियों के रूप में प्रकाशित है। मेरी माँ ही वेदांत का ब्रह्म है। वह ब्रह्म का व्यक्त रूप है।

□

ईश्वर मन में विराजमान

विचार दो प्रकार का है—अनुलोम और विलोम। पहले के द्वारा मनुष्य जीव-जगत् से नित्य ब्रह्म में जाता है और दूसरे के द्वारा देखता है कि ब्रह्म ही जीव-जगत् के रूप में लीलायित है।

समाधि में ब्रह्म का साक्षात्कार करने के बाद भी साधक 'अहं' के सहारे द्वैतभूमि में उतर आता है। वह इतना ही 'अहं' रख छोड़ता है, जिसके द्वारा वह सगुण ईश्वर की लीला का आस्वादन कर सके। सा, रे, ग, म, प, ध, नि; नि पर अधिक देर ठहरना कठिन है। इसीलिए साकार ईश्वर में भक्ति आवश्यक है।

समाधि से साधारण भावभूमि में उतर आने पर साधक के भीतर 'अहं' की एक पतली रेखा मात्र रह जाती है। उसके द्वारा वह दिव्य दर्शनादि का आस्वादन कर सकता है। इसके द्वारा वह देखता है कि एकमात्र ब्रह्म ही जीव, जगत् के रूप में अभिव्यक्त हुआ है। जड़ या निर्विकल्प समाधि में निराकार-निर्गुण ब्रह्म का और चेतन या सविकल्प समाधि में साकार-सगुण ब्रह्म का साक्षात्कार करने के बाद विज्ञानी को ईश्वर की इस महिमा का अनुभव होता है। जब तक तुममें स्वयं के व्यक्तित्व का बोध है, 'अहं' बोध है, तब तक तुम ईश्वर का भी 'व्यक्ति' के सिवा अन्य किसी रूप में विचार-चिंतन नहीं कर सकते। निर्गुण-निराकार ब्रह्म तुम्हारे निकट सगुण-साकार ईश्वर के ही रूप में प्रकट होता है।

अनुलोम और विलोम। 'नेति-नेति' करते हुए समाधि में पहुँचकर तुम्हारा 'अहं' ब्रह्म में विलीन हो जाता है। फिर जब तुम समाधि से उतरकर नीचे आते हो, तब तुम्हें दिखाई देता है कि ब्रह्म ही तुम्हारे 'अहं' के रूप में तथा सारे जगत् के रूप में व्यक्त हो रहा है।

जिसका नित्य (स्वरूप) है, उसी की लीला भी है। फिर जो नित्य (अवस्था) में है, वही लीला में भी है। साधक लीला में से होते हुए नित्य में पहुँचता है; फिर

नित्य में से उतरकर लीला में आता है। तब उसे लीला मिथ्या नहीं प्रतीत होती, वह नित्य की ही अभिव्यक्ति प्रतीत होती है।

जिस प्रकार एक ही फल से छिलका, गूदा और बीज आते हैं, उसी प्रकार जीव, जगत्, जड़ और चेतन सभी पदार्थ एक ही ईश्वर से आते हैं।

श्रीरामकृष्ण कहा करते थे—"मैं सभी को स्वीकार करता हूँ। तुरीय और जाग्रत्, स्वप्न, सुसुप्ति सभी अवस्थाओं को मैं ग्रहण करता हूँ। फिर ब्रह्म और माया, जीव, जगत् सबकुछ ग्रहण करता हूँ। सबका ग्रहण न करने से वचन में कुछ कमी रह जाती है। इसीलिए मैं नित्य और लीला दोनों को लेता हूँ।"

'यदि ईश्वर स्वयं ही सबकुछ बने हैं, तो फिर जगत् में इतनी सारी विविधता, 'अहं' का इतना तारतम्य क्यों है ?' इस प्रश्न का हल करते हुए श्रीरामकृष्ण ने कहा था—"यह उनका खेत है, उनकी लीला है! एक राजा के चार बेटे हैं। हैं तो वे राजा के बेटे, पर खेल में कोई मंत्री बना है तो कोई कोतवाल, तो कोई कुछ बना है। राजा का बेटा होकर भी वह 'कोतवाल-कोतवाल' खेल रहा है।"

□

साकार और निराकार

एक व्यक्ति ने श्रीरामकृष्ण से पूछा, "महाराज, साकार बड़ा है या निराकार?" श्रीरामकृष्ण ने कहा, "निराकार दो प्रकार का है—पक्का और कच्चा। पक्का निराकार अवश्य ही एक उच्च भाव है। साकार के सहारे उस निराकार में पहुँचना पड़ता है। बाह्य समाज वालों का कच्चा निराकार है, जैसे आँख मूँदने पर अँधेरा ही दिखाई देता है।"

ईश्वर साकार भी है और निराकार भी। फिर वे साकार, निराकार के परे भी हैं। वे क्या हैं, यह वे ही जानते हैं।

साकार रूप क्या है, जानते हो? जैसे जलराशि के भीतर से बुलबुले उठते हैं, वैसे ही महाकाश चिदाकाश में से एक-एक रूप प्रकट होते दिखाई देते हैं। अवतार भी एक रूप है।

ईश्वर का साक्षात्कार न होने पर यह सब समझ में नहीं आता। साधकों के लिए वे नाना भाव से नाना रूप धारण कर दर्शन देते हैं। एक रँगरेज के पास एक घमेला भर रंग था। उसके पास कई लोग कपड़ा रँगाने आते। वह उनसे पूछता, "तुम किस रंग में कपड़ा रँगवाना चाहते हो?" कोई शायद कहता, "मुझे लाल रंग में रँगवाना है।" वह रँगरेज तुरंत उसके कपड़े को अपने घमेले में डुबोकर निकालते हुए कहता, "यह लो तुम्हारा लाल रंग में रँगा कपड़ा।" शायद कोई दूसरा आदमी कहता, "मुझे पीले रंग में रँगवाना है।" वह रँगरेज झट उसके कपड़े को उसी घमेले में डुबोकर लौटाते हुए कहता, "यह लो तुम्हारा पीले रंग में रँगा कपड़ा।" इस प्रकार जिसे जिस रंग में कपड़ा रँगवाना होता—नीला, हरा, नारंगी—वह उसके कपड़े को उस एक ही घमेले में डुबोकर उस रंग में रँग दिया करता। एक दिन एक व्यक्ति उसका यह अद्भुत कार्य देख रहा था। रँगरेज ने उससे पूछा, "क्यों जी, तुम्हें किस रंग में रँगवाना है?" तब वह बोला, "भैया! तुम जिस रंग में रँगे हो, मुझे वही रंग चाहिए।"

एक संन्यासी जगन्नाथजी के दर्शन करने गया। जगन्नाथजी के दर्शन कर उसके मन में संदेह उठा कि भगवान् साकार हैं या निराकार? उसके हाथ में डंडा था, उस डंडे को घुमाकर वह देखने लगा कि वह जगन्नाथजी की देह को लगता है या नहीं? पहली बार एक ओर से दूसरी ओर तक डंडा ले जाते समय उसने देखा, जगन्नाथजी की देह में डंडे का स्पर्श नहीं हुआ। उसे वहाँ ठाकुरजी की मूर्ति नहीं दिखाई दी। पर फिर दूसरी बार वह डंडे को उस ओर से इस ओर ले आने लगा तो उस समय वह ठाकुरजी की मूर्ति को छू गया। तब संन्यासी समझ गया, ईश्वर साकार भी है, और निराकार भी।

घंटी बजाते समय हरेक टोले के साथ 'टन्', 'टन्' की आवाज अलग-अलग और स्पष्ट सुनाई पड़ती है, यह मानो साकार है। पर बजाना बंद करते ही आखिरी टोले की आवाज थोड़ी देर तक गूँजती हुई शांत हो जाती है, यह मानो निराकार है। घंटी की ध्वनि की तरह ईश्वर की भी साकार और निराकार दोनों अवस्थाएँ हैं।

साकार रूप में ईश्वर के दर्शन किए जा सकते हैं, उनका स्पर्श किया जा सकता है; जैसे मित्र के साथ बातचीत की जाती है, वैसे ही उनके साथ प्रत्यक्ष संभाषण किया जा सकता है।

ईश्वर को निराकार मानते हुए उसी स्वरूप में उनका चिंतन-मनन करना ठीक है। परंतु ऐसी बुद्धि मत रखो कि केवल यही मत सही है और बाकी सब गलत। निराकार भी सत्य है और साकार भी सत्य है। तुम्हारा जिस पर विश्वास है, उसी को पकड़े रहो। उनका साक्षात्कार हो जाने के बाद उनका यथार्थ स्वरूप समझ में आ जाएगा।

ईश्वर नित्य भी है और लीलामय विश्व-पिता भी। अखंड सच्चिदानंद ब्रह्म की धारणा नहीं की जा सकती। वह मानो अनंत, असीम समुद्र की तरह है, उसमें पड़कर मनुष्य मानो किनारा न पाकर डूबने लगता है। परंतु साकार लीलामय ईश्वर को पाकर उसे मानो किनारा मिल जाता है।

भक्तिपथ में साधक को एक अवस्था में साकार अच्छा लगता है, फिर एक अवस्था में निराकार अच्छा लगता है।

भक्त के सम्मुख ईश्वर नाना रूपों में प्रकट होता है। परंतु ज्ञानी को समाधि में निर्गुण, निराकार, निरुपाधिक ब्रह्म का ज्ञान होता है। ज्ञान और भक्ति में यही अंतर है।

जिस प्रकार पानी जमकर बर्फ बन जाता है, उसी प्रकार निराकार, अखंड, सच्चिदानंद ब्रह्म भी साकार रूप धारण करता है। जैसे बर्फ पानी से ही पैदा होती है, पानी में ही रहती है और पानी में ही मिल जाती है, वैसे ही ईश्वर का साकार रूप भी निराकार ब्रह्म से ही उत्पन्न होता है, उसी में अवस्थित रहता है तथा उसी में विलीन हो जाता है।

अग्नि का कोई आकार नहीं होता, पर उसके जलते समय भिन्न-भिन्न आकार दिखाई देते हैं। इसी तरह निराकार ब्रह्म के भी नाना आकार दिखाई देते हैं।

□

कुछ ईश्वरीय रूप

ईश्वर विभिन्न रूपों में प्रकट होते हैं—कभी मानव रूप में, तो कभी चिन्मय रूप में। ईश्वरीय रूपों पर विश्वास रखना चाहिए।

सच्चिदानंद कैसे हैं, कोई नहीं बता सकता। इसीलिए वे पहले अर्धनारीश्वर बने। जानते हो, उन्होंने ऐसा क्यों किया? यह दिखाने के लिए कि वे स्वयं ही प्रकृति और पुरुष दोनों हैं। फिर एक सीढ़ी नीचे उतरकर वे अलग-अलग पुरुष और प्रकृति बने।

समुद्र का जल दूर से नीला दिखाई देता है, परंतु पास जाकर हाथ में लेकर देखने से स्वच्छ, रंगहीन दिखाई देता है। श्रीकृष्ण भी दूर हैं, इसलिए नीले मालूम होते हैं, पर वास्तव में वे नीले नहीं। वे वर्णरहित, उपाधिरहित, नित्य हैं।

श्रीकृष्ण त्रिभंग (तीन स्थानों में टेढ़े) क्यों हुए हैं? राधा के प्रेम में पसीजकर वे त्रिभंग हुए हैं।

एक भक्त—कालीमाता को योगमाया क्यों कहते हैं?

श्रीरामकृष्ण—योगमाया अर्थात् पुरुष और प्रकृति का योग। तुम जो कुछ देख रहे हो, वह सभी कुछ पुरुष-प्रकृति का योग है। देखा नहीं, शिव-काली की मूर्ति में शिव के ऊपर काली खड़ी हुई है। शिव शव जैसे पड़े हैं; काली शिव की ओर देख रही हैं। यह सभी पुरुष-प्रकृति का योग है। पुरुष निष्क्रिय है, इसीलिए शिव शव जैसे पड़े हैं। पुरुष के साथ युक्त होकर प्रकृति सृष्टि-स्थिति-प्रलय आदि सभी कार्य कर रही है। राधा-कृष्ण की युगल मूर्ति का भी यही अर्थ है।

ईश्वर की ओर तुम जितना ही अधिक अग्रसर होओगे, उतना ही उनके ऐश्वर्य का भान कम होता जाएगा। साधक को पहले दर्शन होते हैं—दशभुजाधारिणी ईश्वरी (दुर्गा) के रूप के। उस रूप में ऐश्वर्य का अधिक

प्रकाश है। फिर दर्शन होते हैं त्रिभुज रूप के। तब दस भुजाएँ नहीं रहतीं, उतने अस्त्र-शस्त्र नहीं रहते। फिर गोपाल रूप के दर्शन होते हैं—कोई ऐश्वर्य नहीं, केवल एक कोमल बालक का रूप है। इसके बाद भी दर्शन होते हैं—केवल ज्योति के दर्शन।

□

ईश्वर की सर्वव्यापकता

ईश्वर सबके भीतर है, परंतु सब जन ईश्वर के भीतर नहीं हैं, इसीलिए उन्हें इतना दु:ख भोगना पड़ता है।

प्रत्येक वस्तु नारायण है। मनुष्य नारायण है, पशु नारायण है, साधु नारायण है, लंपट नारायण है। जो कुछ है, सब नारायण ही है। नारायण विभिन्न रूपों में लीला करते हैं। सब उन्हीं के भिन्न-भिन्न रूप हैं, उन्हीं की महिमा का प्रकाश है।

ईश्वर कहते हैं, "मैं साँप बनकर काटता हूँ और मैं ही ओझा बनकर झाड़ता हूँ; हाकिम बनकर हुक्म देता हूँ और मैं ही प्यादा बनकर मारता हूँ।"

ईश्वरीय शक्ति का प्रकाश विभिन्न क्षेत्रों में विभिन्न प्रकार का है, क्योंकि विविधता ही प्रकृति का नियम है। ईश्वर सभी प्राणियों में विराजमान है। वे एक चींटी में भी विद्यमान हैं, परंतु प्रकाश में तारतम्य है।

जिन्हें कई लोग जानते, मानते और आदर करते हैं, उनके भीतर भगवान् की विभूति परिमाण में विद्यमान है।

□

नैतिक दायित्व

प्रश्न—यदि ईश्वर स्वयं ही सबकुछ बने हैं, तब क्या पाप-पुण्य नहीं हैं?

उत्तर—हैं भी और नहीं भी हैं। वे जब तक हममें अहंभाव रख देते हैं, तब तक भेदबुद्धि भी रख देते हैं, पाप-पुण्य का बोध भी रख देते हैं। वे एक जन का अहंकार बिल्कुल मिटा डालते हैं। ऐसे लोग पाप-पुण्य, भले-बुरे के पार चले जाते हैं। जब तक ईश्वर के दर्शन हो जाएँ, तब तक भेदबुद्धि, भले-बुरे का ज्ञान अवश्य ही रहेगा, तुम मुँह से कह सकते हो, "मेरे लिए पाप-पुण्य समान हो गए हैं; वे जैसा करवा रहे हैं, वैसा ही मैं कर रहा हूँ।" परंतु हृदय के भीतर तुम जानते हो कि ये सब निरी बातें हैं। कोई बुरा काम किया कि मन में धक्-धक् शुरू हो जाती है।

प्रश्न—यदि ईश्वर ही सबकुछ करवा रहे हैं, तो मेरे पापों के लिए मैं जवाबदार नहीं?

उत्तर—दुर्योधन ने ऐसा ही कहा था; कहा था, "त्वया हृषीकेश हृदिस्थितेन तथा नियुक्तोऽस्मि तता करोमि।" परंतु जिसमें यथार्थ विश्वास है कि 'ईश्वर ही कर्ता हैं, मैं अकर्ता, यंत्रस्वरूप हूँ' उसके द्वारा कभी पापकर्म नहीं हो सकता। जो ठीक नाचना चाहता है, उसके पैर कभी बेताल नहीं पड़ते। चित्त शुद्ध हुए बिना तो 'ईश्वर है' इस पर विश्वास नहीं होता।

एक भक्त—महाराज! मुझे एक संदेह है। लोग यह जो स्वाधीन इच्छा की बात करते हैं (हम चाहें तो अच्छे काम कर सकते हैं, और चाहें तो बुरे काम भी) क्या यह सच है? क्या हम सचमुच ही स्वाधीन हैं?

श्रीरामकृष्ण—सबकुछ ईश्वरीय है! सब उन्हीं की लीला है। उन्होंने नाना वस्तुएँ बनाई हैं। छोटा-बड़ा, बलवान-दुर्बल, अच्छा-बुरा, सज्जन-दुर्जन, सब उनकी माया है, उनका खेल है। देखो न, बगीचे में सभी पेड़ समान नहीं होते।

"जब तक ईश्वर का लाभ नहीं होता, तब तक लगता है कि 'हम स्वाधीन हैं।' यह भ्रम वे ही रख दिया करते हैं। ऐसा न होता तो पाप की वृद्धि होती, पाप का भय नहीं रह जाता, पाप की सजा नहीं होती।

"परंतु जिन्होंने ईश्वर का लाभ किया है, उनका भाव कैसा होता है, जानते हो? उनका भाव होता है 'मैं यंत्र हूँ, तुम यंत्री; मैं घर हूँ, तुम गृहिणी; मैं रथ हूँ, तुम रथी; तुम जैसा चलाते हो, वैसा ही चलता हूँ; जैसा बोलने लगते हो, वैसा ही बोलता हूँ।'"

ईश्वर चोर को चोरी करने को कहते हैं और गृहस्थ को सावधान होने को, अर्थात् ईश्वर सभी कुछ करते हैं।

□

ईश्वर दर्शन हेतु मनोभूमि

पंचभूतों से बना यह शरीर स्थूल शरीर है। मन, बुद्धि, चित्त और अहंकार—इनसे बना शरीर सूक्ष्म शरीर है। जिस शरीर द्वारा ईश्वरीय आनंद का अनुभव और उपभोग होता है, वह कारण शरीर है। तंत्रशास्त्र में इसे कहते हैं, 'भागवती तनु।' इन सबसे अतीत है, 'महाकारण' (तुरीय)।

बहिर्मुख अवस्था में मन स्थूल वस्तुओं को देखता है, उस समय वह अन्नमय कोश में रहता है। अंतर्मुख अवस्था, मानो बाहरी दरवाजे बंद कर घर के भीतर प्रवेश करने जैसा है। उस समय मन सूक्ष्म शरीर से कारण शरीर में, फिर कारण शरीर से महा कारण में आ पहुँचता है। इस अवस्था में मन लीन हो जाता है, फिर उसके बारे में कुछ नहीं कहा जा सकता।

चैतन्यदेव की तीन अवस्थाएँ होती थीं—

1. **बाह्य दशा**—इस समय उनका मन स्थूल शरीर तथा सूक्ष्म शरीर में रहता है।
2. **अर्धबाह्य दशा**—इस समय उनका मन कारण शरीर में कारणानंद का उपभोग करता है।
3. **अंतर्दशा**—इस समय उनका मन महाकारण में विलीन हो जाता था।

वेदांत के पंचकोशों के साथ इनका सुंदर मेल है। स्थूल शरीर अर्थात् अन्नमय और प्राणमय कोश। सूक्ष्म शरीर अर्थात् मनोमय और विज्ञानमय कोश। कारण शरीर अर्थात् आनंद कोश। महाकारण पंचकोशों के अतीत है। जिस समय चैतन्यदेव का मन महाकारण में लीन हो जाता, उस समय वे समाधिमग्न हो जाते। इसी का नाम 'निर्विकल्प' या 'जड़ समाधि' है।

□

कुंडलिनी तथा आध्यात्मिक जागृति

बिना कुंडलिनी के जागे चैतन्य प्राप्त नहीं होता। मूलाधार में कुंडलिनी सुप्त रहती है। जाग जाने पर वह स्वाधिष्ठान, मणिपूर आदि चक्रों को भेदती हुई, अंत में मस्तक में जा पहुँचती है, तभी समाधि होती है। यह सब मैंने प्रत्यक्ष देखा है। ईश्वर-दर्शन का एक लक्षण यह है—भीतर से महावायु घरघराकर उठती हुई मस्तक पर जा पहुँचती है। तब समाधिस्थ होकर भगवान् के दर्शन प्राप्त होते हैं।

कुंडलिनी-जागरण के समय होने वाली अनुभूति का वर्णन करते हुए श्रीरामकृष्ण ने कहा था, "वह सर-सर करती हुई पैर से सिर की ओर उठती है। जब तक वह सिर तक नहीं पहुँचती, तब तक मेरे होश रहते हैं; पर ज्योंही वह सिर पर चढ़ जाती है, त्योंही मैं बिल्कुल बेसुध हो जाता हूँ। तब देखना-सुनना तक बंद हो जाता है; फिर बातचीत करने का सवाल कहाँ? बातचीत करे कौन? 'मैं' 'तुम' यह बुद्धि ही चली जाती है। मैं सोचा करता हूँ कि तुम लोगों को सब बताऊँ—जब तक वह (क्रमशः हृदय और कंठ को दिखाते हुए) यहाँ तक या ज्यादा-से-ज्यादा यहाँ तक उठ आती है, तब तक बताया जा सकता है और मैं बताता भी हूँ; पर जैसे ही वह (कंठ को दिखाते हुए) इस जगह को पार कर ऊपर उठती है, वैसे ही मानो कोई मेरा मुँह पकड़ दबाता है—तब सब गड़बड़ा जाता है, मैं कुछ सँभाल नहीं पाता। (कंठ दिखाकर) इसके ऊपर चढ़ने से जो दर्शन होते हैं, उन्हें बताने के लिए जैसे ही मैं उनका विचार करता हूँ, वैसे ही मेरा मन झट से ऊपर चला जाता है, फिर मैं कुछ बता नहीं पाता।"

कंठ से ऊपर वाले चक्रों में मन के पहुँचने पर जो दर्शन होते हैं, उन्हें बतलाने के लिए श्रीकृष्ण ने कितनी बार प्रयत्न किया, पर उन्हें हर बार असफल होना पड़ा। एक दिन उन्होंने बड़े निश्चय के साथ उन बातों को बतलाना आरंभ किया। मन को कंठ तक के चक्रों तक पहुँचने पर जो दर्शनादि होते हैं, उनका उन्होंने भलीभाँति

वर्णन किया। फिर भौंहों के मध्यस्थल का निर्देश करते हुए वे बोले, "मन के इस स्थान पर पहुँचते ही जीव को परमात्मा के दर्शन होते हैं और वह समाधिमग्न हो जाता है। तब परमात्मा और जीवात्मा के बीच केवल एक स्वच्छ, पतला सा परदा ही आड़ रह जाता है। उस समय वह ऐसा देखता है कि इस प्रकार ज्योंही वे परमात्मा के दर्शन का विशेष रूप से वर्णन करने गए, त्योंही वे समाधिस्थ हो गए! समाधि टूटने के बाद उन्होंने फिर बतलाने की कोशिश की, पर फिर वे समाधिस्थ हो गए!" इस तरह बार-बार प्रयत्न करने के बाद उन्होंने अश्रुपूर्ण नेत्रों से कहा, "अरे, मैं तो सचमुच चाहता हूँ कि तुम लोगों को सब बातें बताऊँ, थोड़ा भी न छिपाऊँ, पर माँ किसी हालत में बताने नहीं देतीं, मुँह पकड़ लेती हैं।"

कुंडलिनी शक्ति के सुषुम्ना मार्ग से ऊपर उठते समय जो विभिन्न प्रकार के अनुभव होते हैं, उनके बारे में श्रीरामकृष्ण कहा करते, "वह जो सर-सर करती हुई मस्तक पर चढ़ती है, वह हमेशा एक ही प्रकार से नहीं चढ़ती। शास्त्रों में उसकी पाँच प्रकार की गति का उल्लेख किया गया है—(1) **पिपीलिका गति**—जैसे चींटियाँ मुँह में खाने की चीज लेकर एक कतार में सुरसुराती हुई चली जाती है, वैसे ही पैरों में एक किस्म की सुरसुराहट सी शुरू होकर वह क्रमशः धीरे-धीरे ऊपर की ओर उठने लगती है; जब वह सिर तक जा पहुँचती है, तब समाधि लग जाती है। (2) **भेक गति**—जिस प्रकार मेढक दो-तीन बार उछलकर थोड़ा रुक जाता है, फिर दो-तीन बार उछलकर थोड़ी देर रुक जाता है, ठीक उसी प्रकार कोई वस्तु पैरों की ओर से चलकर मस्तक पर चढ़ती हुई सी प्रतीत होती है; उसके मस्तक पर चढ़ते ही समाधि लग जाती है। (3) **सर्प गति**—जिस प्रकार साँप लंबे होकर या कुंडली के आकार में चुपचाप पड़े रहते हैं, परंतु जैसे ही सामने कोई शिकार देख लेते हैं या भयभीत हो जाते हैं, वैसे ही सरसराकर टेढ़ी-मेढ़ी गति से भागने लगते हैं, उसी प्रकार वह भी सरसराती हुई एकदम मस्तक पर जा पहुँचती है और तत्काल समाधि लग जाती है। (4) **पक्षी गति**—पक्षी जिस प्रकार एक जगह से दूसरी जगह जाकर बैठते समय फुर्र से उड़कर कभी कुछ ऊँचे चढ़ते तो कभी कुछ नीचे उतर आते हैं, किंतु कहीं विश्राम नहीं लेते, जहाँ बैठने की ठानी है, एकदम वहीं जाकर बैठते हैं, उसी प्रकार वह सीधे मस्तक पर चढ़ जाती है और साधक को समाधि लग जाती है। (5) **वानर गति**—लंगूर जैसे एक पेड़ से दूसरे पेड़ पर जाते समय 'हूप' करते हुए एक डाली से दूसरी डाली पर जा पहुँचते हैं, वहाँ से फिर 'हूप' करके और एक डाली पर कूद जाते हैं, इस तरह दो-तीन छलाँगों में जहाँ जाने

का विचार है, वहाँ पहुँच जाते हैं। वैसे ही वह भी दो-तीन छलाँगों में मस्तक पर जा पहुँचती है और तत्काल समाधि लग जाती है।"

इन दर्शनों की वेदांत के दृष्टिकोण से व्याख्या करते हुए वे कहते थे, "वेदांत में सप्त भूमिकाओं का उल्लेख है। प्रत्येक भूमि में भिन्न-भिन्न प्रकार के दर्शन होते हैं। मन स्वभावतः गुदा, लिंग और नाभि, इन तीन निम्न स्तर की भूमियों में ही चढ़ता-उतरता रहता है, उसकी दृष्टि इन्हीं में खाना, पीना, मैथुन आदि में ही निबद्ध रहती है। इन तीन भूमियों को पार कर यदि मन चौथी भूमि, हृदय तक जा पहुँचे तो साधक को ज्योति के दर्शन होते हैं। किंतु हृदय तक उठने के बाद भी कभी-कभी मन पुनः नीचे की तीन भूमियों में—गुदा, लिंग, नाभि में उतर आता है। हृदय का अतिक्रमण कर यदि किसी का मन पाँचवीं भूमि, कंठ तक जा पहुँचे तो फिर वह ईश्वरीय चर्चा छोड़कर अन्य किसी भी प्रकार की बातें, विषय-संबंधी बातें इत्यादि नहीं कर सकता। उस अवस्था में मुझे ऐसा ही हुआ करता। यदि कोई विषय-संबंधी चर्चा करने लगता तो मुझे ऐसा लगता कि मानो मेरे सिर पर कोई लाठी मार रहा हो; मैं दूर पंचवटी की ओर भाग जाता, ताकि वह सब सुनना न पड़े। विषयाक्त लोगों को देखते ही मारे डर के छिप जाता। आत्मीय-स्वजन मानो कुएँ जैसे प्रतीत होते। ऐसा लगता, मानो वे मुझे घसीटकर कुएँ में गिराने का प्रयत्न कर रहे हैं; एक बार गिर पड़ने से फिर उठ न सकूँगा। दम घुटने लगता, ऐसा लगता कि प्राण अब गए, तब गए! वहाँ से भाग आने पर तब कहीं शांति मिलती! कंठ में पहुँचने के बाद भी मन पुनः गुदा, लिंग, नाभि में उतर सकता है, इसलिए तब भी सावधान रहना चाहिए। फिर कंठ का अतिक्रमण कर यदि किसी का मन भौंहों के मध्यस्थल तक जा पहुँचे तो फिर उसके पतन की आशंका नहीं रहती। उस समय वह परमात्मा के दर्शन प्राप्त कर निरंतर समाधिमग्न रहता है। इसके तथा सहस्रार के बीच केवल एक काँच की तरह स्वच्छ परदे भर की आड़ है। इस समय परमात्मा इतने निकट होते हैं कि साधक को ऐसा प्रतीत होता है, मानो मैं उनमें मिल गया हूँ, उनके साथ एक हो गया हूँ; परंतु तब भी वह एक नहीं हुआ है। यहाँ से मन यदि कभी नीचे उतरे तो अधिक-से-अधिक कंठ या हृदय तक ही उतरता है, उसके नीचे नहीं उतर सकता। जीव कोटि के साधक यहाँ से फिर नहीं उतरते। उनके इक्कीस दिन तक निरंतर समाधि में लीन रहने के बाद वह व्यवधान या परदा छिन्न हो जाता है तथा वे परमात्मा के साथ पूर्णतया मिलकर एक हो जाते हैं। सहस्रार में परमात्मा के साथ संपूर्ण एक हो जाना ही सप्तम भूमि में चढ़ना है।"

□

नकली भावावस्था

किसी व्यक्ति को संकीर्तन आदि में अत्यधिक भावोच्छ्वास के कारण एक प्रकार का आवेश होता था, जो बाहर से भावसमाधि की तरह दिखाई देता था। श्रीरामकृष्ण ने उसे देखकर कहा था—“ठीक-ठीक भावावस्था होने पर क्या कभी ऐसा होता है? उसमें तो मनुष्य डूब जाता है, स्थिर हो जाता है। यह क्या? स्थिर हो, शांत हो! (दूसरे श्रोताओं से) ये सब किस प्रकार के भाव हैं, जानते हो? जैसे कड़ाही में छटाँक भर दूध डालकर उसे चूल्हे पर औटाया जा रहा हो! उफान उठकर ऐसा दिखाई देता है, मानो कितना दूध है, कड़ाही भरी हुई है! फिर उतारकर देखो तो दूध बिल्कुल ही नहीं है; जो थोड़ा सा था, वह भी सूखकर कड़ाही से ही लिपट गया है।”

□

ईश्वरीय रूप दर्शन तथा ध्वनिश्रवण

ईश्वर का साक्षात्कार दो प्रकार का होता है। एक में जीवात्मा तथा परमात्मा का योग होता है, दूसरे में ईश्वरीय रूपों के दर्शन होते हैं। पहला ज्ञान है और दूसरा भक्ति।

सचमुच ही ईश्वर को देखा जा सकता है, जैसे इस समय हम-तुम बैठकर बातचीत कर रहे हैं, इसी तरह उनके दर्शन तथा उनसे संभाषण हो सकते हैं। मैं सच कहता हूँ, शपथपूर्वक कहता हूँ।

ईश्वर विभिन्न रूपों में प्रकाशित होते हैं। शुद्ध हृदय भक्त इन ईश्वरीय रूपों को देख सकते हैं। ईश्वर की कृपा से भीतर दिव्य भागवती तनु निर्मित होती है, उसमें दिव्य इंद्रियाँ होती हैं; उन्हीं के द्वारा इन रूपों के दर्शन होते हैं। केवल सिद्धपुरुष ही इन्हें देख सकते हैं।

'क्या ईश्वर के दर्शन इन चर्मचक्षुओं से ही होते हैं?' इस प्रश्न के उत्तर में श्रीरामकृष्ण ने कहा, "नहीं, उन्हें इन चर्मचक्षुओं से नहीं देखा जा सकता। साधना करते-करते साधक के भीतर एक प्रेम की देह उत्पन्न होती है, उसमें प्रेम के नेत्र, प्रेम के कण होते हैं। उन्हीं प्रेम-नेत्रों से उनके दर्शन होते हैं, उन्हीं प्रेमकणों से उनकी वाणी सुनाई देती है।"

अनाहद ध्वनि सदा अपने आप उठ रही है। यह प्रणव ध्वनि है। यह परब्रह्म से आ रही है। योगी इसे सुन पाते हैं। विषयासक्त जीव इसे नहीं सुन पाते। योगी समझ सकते हैं कि यह ध्वनि एक ओर नाभि में से उठती है तथा दूसरी ओर उस क्षीरोद-शायी परब्रह्म से।

□

समाधि तथा ब्रह्मज्ञान

समाधि-अवस्था में मन में किस प्रकार का अनुभव होता है? मछली को कुछ देर तक पानी के बाहर निकालकर रखने के बाद फिर पानी में छोड़ देने पर उसे जिस प्रकार का आनंद होता है, समाधि में मन में उसी प्रकार का अनुभव होता है।

'वह अत्यंत दुर्गम स्थान है, वहाँ गुरु और शिष्य की भेंट नहीं होती।' ब्रह्मज्ञान की अवस्था ऐसी गूढ़ है कि उसके होने पर गुरु-शिष्य भेदबुद्धि नहीं रह जाती।

जिस प्रकार दीपक को जलाते ही हजार वर्षों की अँधेरी कोठरी भी तुरंत आलोकित हो जाती है, उसी प्रकार ज्ञान का प्रकाश जीव के हृदय से जन्म-जन्मांतर के अज्ञानांधकार को दूर कर उसे प्रकाशित कर देता है।

'क्या समाधि-अवस्था में आपको बाह्य जगत् का बोध रहता है?' इस प्रश्न के उत्तर में श्रीरामकृष्ण ने कहा था—"समुद्र में जल के नीचे पहाड़-पर्वत, घाटियाँ और दर्रे होते हैं, पर वे ऊपर से नहीं दिखाई देते। समाधि में भी अखंड सच्चिदानंद समुद के ही दर्शन होते हैं, अहं-बोध जाने कहाँ छिप जाता है!"

यथार्थ ज्ञान होने पर अहंकार नहीं रहता। समाधि हुए बिना ठीक-ठीक ज्ञान नहीं होता। भरी दोपहर के समय सूरज ठीक माथे के ऊपर रहता है। उस समय मनुष्य चारों ओर देखता है, पर उसे अपनी छाया नहीं दिखाई देती। वैसे ही यथार्थ ज्ञान होने पर, समाधि होने पर अहंकार रूपी छाया नहीं रहती। यदि ठीक-ठीक ज्ञान होने के पश्चात् भी किसी में 'अहं' दिखाई पड़े तो ऐसा जानना कि वह 'विद्या का अहं' है, 'अविद्या का अहं' नहीं।

बुद्धदेव नास्तिक थे या नहीं, इस प्रश्न के उत्तर में श्रीरामकृष्ण ने कहा था—"वे नास्तिक नहीं थे; वे अपनी उपलब्धियों के विषय में मुँह से कुछ कह नहीं सके। 'बुद्ध' माने क्या है, जानते हो? 'बोध' स्वरूप का चिंतन करते हुए वही

बन जाना—बोधस्वरूप बन जाना। जिस अवस्था में स्वरूप का ज्ञान होता है, वह 'अस्ति' तथा 'नास्ति' के बीच की अवस्था है। 'अस्ति' तथा 'नास्ति' प्रकृति के गुणधर्म हैं। यथार्थ सत्य 'अस्ति' 'नास्ति' के परे है।"

ज्ञान-अज्ञान दोनों के पार हो जाओ, तभी उन्हें जान पाओगे। नानात्व का ज्ञान ही अज्ञान है। पांडित्य का अहंकार भी अज्ञानजन्य ही है। एक ईश्वर सर्वभूतों में विराजमान हैं, इस निश्चयात्मक बुद्धि का नाम ज्ञान है। उन्हें विशेष रूप से जानना ही विज्ञान है।

मान लो कि पैर में काँटा चुभा है। उस काँटे को निकालने के लिए और एक काँटे की जरूरत पड़ती है। फिर उस काँटे के निकल जाने पर दोनों काँटों को फेंक दिया जाता है। इसी प्रकार अज्ञानरूपी काँटे को निकालने के लिए पहले ज्ञानरूपी काँटे को लाना पड़ता है। फिर उन्हें पाने के लिए ज्ञान-अज्ञान दोनों को फेंक देना पड़ता है; वे ज्ञान-अज्ञान के परे जो हैं!

लक्ष्मण ने कहा था, "राम, कितना आश्चर्य है! इतने बड़े ज्ञानी वसिष्ठदेव भी पुत्र-शोक से अधीर होकर रो पड़े।" राम ने कहा, "भाई! जिसमें ज्ञान है, उसमें अज्ञान भी है; जिसे एक का ज्ञान है, उसे अनेक का भी ज्ञान है। जिसे प्रकाश का अनुभव है, उसे अंधकार का भी अनुभव है। ब्रह्म ज्ञान-अज्ञान के पार है, पाप-पुण्य के पार है, धर्म-अधर्म के पार है, शुचि-अशुचि के पार है।"

एक व्यक्ति—"दोनों काँटों को फेंक देने के बाद क्या रह जाता है?"

श्रीरामकृष्ण—"नित्य शुद्ध बोधरूपम्। वह तुम्हें कैसे समझाऊँ? अगर तुमसे कोई पूछे, 'कहो, घी कैसा लगा?' तो तुम उसे घी का स्वाद कैसे समझाओगे? ज्यादा-से-ज्यादा तुम उससे इतना ही कह सकते हो कि 'घी घी के ही जैसा लगा।' एक नववधू से उसकी सखी ने पूछा था, 'तेरे पति आए हुए हैं। अच्छा बहन, पति के आने पर किस तरह का आनंद होता है?' वह नववधू बोली, 'बहन, तेरा विवाह होने के बाद जब तेरे पति आएँगे, तब तू यह समझ पाएगी; अभी तुझे मैं कैसे समझाऊँ?'"

□

समाधि-अवस्था का मनोभाव

चिड़िया के घोंसले को यदि नष्ट कर दिया जाए तो वह उड़ती हुई आकाश का आश्रय लेती है। इसी प्रकार, यदि देह और जगत् का बोध चला जाए तो जीवात्मा मानो परमात्मा-रूपी आकाश में उड़ जाता है—समाधिमग्न हो जाता है।

जीव के मरे बिना शिव नहीं आता (अर्थात् जीवत्व के नष्ट हुए बिना शिवत्व प्राप्त नहीं होता)। फिर शिव के शव बने बिना, माँ आनंदमयी उसके वक्षस्थल पर नृत्य नहीं करतीं (अर्थात् इस शिवत्व-अभिमान का भी अतिक्रमण करने के बाद ही सर्वोच्च आनंद की अवस्था प्राप्त होती है)।

कपूर को जलाने पर कुछ भी नहीं बचता। विचार का अंत हो जाने पर समाधि होती है; उस समय 'मैं', 'तुम', 'जगत्' इन सबका चिह्नमात्र नहीं रहता, मन परब्रह्म में लीन हो जाता है।

अहंकार के दूर हो जाने पर जीवत्व का नाश हो जाता है। इस अवस्था में समाधि में ब्रह्म का साक्षात्कार होता है। जीव नहीं, ब्रह्म ही ब्रह्म का साक्षात्कार करता है।

किसी भक्त के यह कहने पर कि 'ईश्वर अवाङ्मनसगोचर है; मन, बुद्धि तथा वाणी के अगोचर है'। श्रीरामकृष्ण ने कहा, "नहीं; यद्यपि वे इस मन के गोचर नहीं हैं, तथापि वे शुद्ध मन के गोचर हैं; इस बुद्धि के गोचर नहीं हैं, परंतु शुद्ध बुद्धि के गोचर हैं। कामिनी-कांचन की आसक्ति के दूर होते ही शुद्ध मन और शुद्ध बुद्धि का उदय होता है। शुद्ध मन, बुद्धि और शुद्ध आत्मा एक ही हैं। वे इस शुद्ध बुद्धि के गोचर हैं। क्या ऋषि-मुनियों ने उनके दर्शन नहीं किए? उन्होंने शुद्ध बुद्धि द्वारा शुद्ध आत्मा का साक्षात्कार किया था।"

ईश्वर विषयासक्त मन और बुद्धि के अगोचर है, परंतु शुद्ध मन और शुद्ध बुद्धि के गोचर है। कामिनी-कांचन के ही कारण मन अशुद्ध होता है। जब तक

भीतर अविद्या है, तब तक मन और बुद्धि कभी शुद्ध नहीं हो सकते। वैसे तो मन और बुद्धि अलग-अलग माने जाते हैं, परंतु शुद्ध मन और शुद्ध बुद्धि एक हैं। दोनों चैतन्य-स्वरूप शुद्ध आत्मा हैं। इसी चैतन्य-स्वरूप (शुद्ध आत्मा) में चैतन्य-स्वरूप (परमात्मा) का साक्षात्कार होता है।

□

समाधि के पश्चात् होने वाला विज्ञान

'नेति-नेति' करते हुए आत्म की उपलब्धि करने का नाम ज्ञान है। 'नेति-नेति' करते हुए समाधि-अवस्था प्राप्त होने पर आत्मा की उपलब्धि होती है।

विज्ञान, यानी विशेष रूप से जानना। किसी ने दूध के बारे में सुना भर है, किसी ने दूध देखा है और किसी ने दूध पीया है। जिसने केवल सुना ही है, वह अज्ञानी है; जिसने देखा है, वह ज्ञानी है; जिसने पीया है, उसे विज्ञान अर्थात् विशेष रूप से ज्ञान हुआ है। ईश्वर के दर्शन प्राप्त होने के पश्चात् उनके साथ परम आत्मीय की तरह वार्त्तालाप आदि होना—इसी का नाम विज्ञान है।

पहले 'नेति-नेति' विचार करना पड़ता है। ईश्वर पंचभूत नहीं हैं; इंद्रियाँ नहीं हैं; मन, बुद्धि, अहंकार नहीं हैं; वे सभी तत्त्वों के अतीत हैं। छत पर चढ़ने के लिए एक-एक कर सब सीढ़ियों का त्याग करते हुए जाना होता है। सीढ़ियाँ छत नहीं हैं। किंतु छत पर पहुँचने के बाद दिखाई देता है कि जिन ईंट, चूना, सुर्खी आदि वस्तुओं से छत बनी है, उन्हीं से सीढ़ियाँ भी बनी हैं। जो परब्रह्म है, वही यह जीव-जगत् बना है, चौबीस तत्त्व बना है। जो आत्मा है, वही पंचभूत बना है। तुम कहोगे, मिट्टी अगर आत्मा से ही बनी है तो वह इतनी कड़ी कैसे है? उनकी इच्छा से सबकुछ संभव हो सकता है। क्या रज-वीर्य से हड्डी और मांस का निर्माण नहीं होता है? समुद्र के झाग से बना पत्थर कितना कड़ा होता है!

विज्ञान-लाभ होने के बाद संसार में भी रहा जा सकता है। उस समय स्पष्ट अनुभव होता है कि ईश्वर ही जीव-जगत् बने हैं, वे संसार से अलग नहीं हैं। ज्ञान-लाभ करने के पश्चात् जब रामचंद्र ने कहा कि वे संसार में नहीं रहेंगे, तब दशरथ ने उन्हें समझाने के लिए वसिष्ठ को उनके पास भेज दिया। वसिष्ठ ने कहा, "राम! यदि संसार ईश्वर से रहित हो, तो तुम उसका त्याग कर सकते हो।" रामचंद्र चुप्पी साधे रहे, क्योंकि वे भलीभाँति जानते थे कि ईश्वर को छोड़कर कुछ भी नहीं है।

जिस प्रकार संगीत में आरोह-अवरोह होते हैं—सा रे ग म प ध नि सा कहते हुए स्वर को ऊपर तक चढ़ाकर, फिर सा नि ध प म ग रे सा कहते हुए नीचे उतारा जाता है, उसी प्रकार समाधि में अद्वैत बोध का अनुभव करने के पश्चात् पुनः नीचे उतरकर 'अहंबोध का अवलंबन करा जाता है।

जैसे केले के स्तंभ की परतों को छीलते-छीलते माँझे तक पहुँचकर उसी को सार समझा। फिर विचार आया कि छिलकों का ही माँझा है, माँझे के ही छिलके हैं। दोनों से मिलकर ही स्तंभ बना है।

बेल को हाथ में लेकर विचार किया—खोपड़ा, बीज और गूदा उनमें से बेल कौन सा है? पहले खोपड़े को असार कहकर फेंक दिया, फिर उसी प्रकार बीजों को भी फेंक दिया; और केवल गूदे को अलग निकालकर कहा, 'यही बेल का सार है, यही असल में बेल है।' फिर बाद में विचार आया कि जिसका गूदा है, उसी का खोपड़ा और बीज हैं। खोपड़ा, बीज और गूदा, ये तीनों मिलकर ही बेल बनी है। इसी प्रकार नित्य ईश्वर के प्रत्यक्ष दर्शन करने के पश्चात् विचार आया—जो नित्य हैं, वे ही लीला में जगत् बने हैं।

एक बार श्रीरामकृष्ण ने नरेंद्रनाथ से पूछा, "तेरे जीवन का ध्येय क्या है?" नरेंद्रनाथ ने कहा, "सदा समाधि में मग्न रहना।" तब श्रीरामकृष्ण ने कहा, "क्या तू इतना क्षुद्रबुद्धि है! समाधि के भी पार चला जा। समाधि तो तेरे लिए कुछ भी नहीं। उससे भी ऊँची अवस्था है!"

किसी दूसरे व्यक्ति से उन्होंने कहा था, "भाव और भक्ति ही सबकुछ नहीं है।"

और एक समय श्रीरामकृष्ण ने नरेंद्रनाथ से यही प्रश्न पूछा। उस समय भी नरेंद्रनाथ ने एक ही उत्तर दिया। सुनकर श्रीरामकृष्ण बोले, "छिह, छिह! तेरा इतना उच्च आधार है और तेरे मुँह में यह बात! मैंने तो सोचा था कि तू एक विशाल वटवृक्ष के समान होगा, तेरी छाया में हजारों लोगों को आश्रय मिलेगा; परंतु वैसा न होकर तू केवल अपनी ही मुक्ति चाहता है! यह तो बहुत ही तुच्छ बात है! मुझे तो सभी भाव अच्छे लगते हैं। मैं एक ही सब्जी को कभी उबालकर, कभी तलकर, कभी उसकी चटनी बनाकर, तो कभी रसेदार तरकारी बनाकर खाना पसंद करता हूँ। मैं समाधि में निर्गुण भाव से ईश्वर का अनुभव ग्रहण करता हूँ, फिर उनके विभिन्न रूपों के साथ विभिन्न संबंध स्थापित कर आनंद का उपभोग करता हूँ। तू भी ऐसा ही करना। एक ही आधार में ज्ञानी और भक्त दोनों बन।"

□

विभिन्न प्रकार के सिद्धपुरुष

लोग नहीं समझते कि विज्ञान केवल इंद्रियग्राह्य वस्तुओं के ही बारे में ज्ञान प्रदान करता है, इंद्रियातीत राज्य की कोई खबर वह नहीं देता। प्राचीन ऋषियों ने ईश्वर का साक्षात्कार किया था। वे ही यह खबर दे सके थे। वे कह सके थे, "ईश्वर का स्वरूप इस प्रकार है।"

जग में पाँच प्रकार के सिद्धपुरुष दिखाई देते हैं—

(1) **स्वप्नसिद्ध**—ये स्वप्न में दर्शन प्राप्त कर सिद्ध हो जाते हैं।

(2) **मंत्रसिद्ध**—ये मंत्र जपते हुए सिद्ध हो जाते हैं।

(3) **हठात्-सिद्ध**—जैसे कोई गरीब आदमी जमीन के नीचे गड़ा खजाना पाकर या किसी धनी व्यक्ति की लड़की से विवाह कर एकाएक धनवान बन जाता है, उसी प्रकार कई पापी लोग अचानक स्वयं को बदलकर ईश्वरीय राज्य में पहुँच जाते हैं। इन्हें 'हठात्-सिद्ध' कहा जाता है।

(4) **कृपासिद्ध**—केवल ईश्वर की कृपा से ही जो सिद्ध हो गए हैं, वे कृपासिद्ध कहलाते हैं। जिस प्रकार किसी को जंगल की सफाई करते-करते पुराने तालाब, मकान आदि मिल जाते हैं, फिर उसे स्वयं कष्ट उठाकर यह सब तैयार नहीं करना पड़ता, उसी प्रकार कई जन मामूली सी साधना करते ही सिद्ध हो जाते हैं।

(4) **नित्यसिद्ध**—ये जन्मतः सिद्ध होते हैं। जैसे लौकी या कुम्हड़े की बेल में पहले फल आते हैं, पीछे फूल, वैसे ही नित्य सिद्ध लोग पहले से सिद्ध होते हैं, बाद में वे लोकशिक्षा के लिए साधना करते हैं।

शाक्त मतानुसार सिद्धपुरुष को 'कौल', वेदांत-मतानुसार 'परमहंस' और 'बाउल' नामक वैष्णव मतानुसार 'साईं' कहते हैं।

ऐसे कुछ लोग होते हैं, जो आम खाकर मुँह पोंछकर बैठे रहते हैं, ताकि कोई जान न पाए। पर कोई-कोई ऐसे भी होते हैं कि उन्हें यदि एक भी आम मिल जाए तो वे उसे काटकर सबको थोड़ा-थोड़ा बाँटने के बाद स्वयं खाते हैं। इसी प्रकार, कुछ साधक होते हैं, जो ईश्वर-दर्शन का आनंद प्राप्त करने के बाद दूसरों को भी वह आनंद चखाने का प्रयत्न करते हैं।

□

ईश्वरोपलब्धि के बाद की अवस्था

ईश्वर-दर्शन कर लेने के बाद मनुष्य पूर्ण रूप से परिवर्तित हो जाता है। किसी-किसी का चैतन्य जाग जाता है। परंतु इसके कुछ लक्षण हैं। ऐसे व्यक्ति को ईश्वरीय प्रसंग छोड़, दूसरा कुछ भी सुनना या बोलना अच्छा नहीं लगता; जैसे चातक पक्षी। सात समुद्र, गंगा, यमुना आदि नदियाँ—ये सभी जल से पूर्ण हैं, परंतु चातक वृष्टि का ही जल चाहता है। मारे प्यास के छाती फटी जा रही है, फिर भी वह दूसरा जल नहीं पीता।

हृदय में ईश्वर के आगमन का लक्षण क्या है? जिस प्रकार उषा की लाली सूर्य के उदित होने की सूचना देती है, उसी प्रकार निस्स्वार्थता, पवित्रता तथा सज्जनता ईश्वर के आगमन की सूचना देती है।

जिस प्रकार मालिक किसी नौकर के घर जाने से पहले अपने भंडार से साज-सामान, अपने बैठने लायक आसन, भोजन-सामग्री आदि भिजवा देता है, उसी प्रकार हरि भी साधक के हृदय-भवन में आविर्भूत होने से पहले उसमें प्रेम, भक्ति, विश्वास, व्याकुलता आदि जमा देते हैं।

ईश्वर-दर्शन होने का एक लक्षण है—आनंद। जैसे समुद्र में ऊपर तो तरंगों का खूब हिल्लोल-कल्लोल रहता है; परंतु नीचे शांत-गंभीर जल होता है।

ईश्वरीय आनंद की प्राप्ति होने पर मनुष्य उस नशे में मस्त हो जाता है। शराब न पीते हुए भी वह पूरे शराबी के जैसा प्रतीत होता है। जब मैं अपनी जगज्जननी माँ के चरणों के दर्शन पाता हूँ, तब मैं इतना मत्त हो जाता हूँ कि मानो मैंने पाँच बोतल शराब पी ली हो! ऐसी अवस्था में बिना विचार किए, चाहे जिस हाथ का भोजन नहीं लिया जा सकता।

मनुष्य के सिद्ध होने पर उसकी अवस्था किस प्रकार की होती है? जैसे आलू, बैंगन आदि सिद्ध होकर नरम हो जाते हैं, वैसे ही मनुष्य सिद्ध होने पर नरम हो जाता है, निरहंकार हो जाता है।

□

सिद्धि-प्राप्ति के लक्षण

यथार्थ आत्मज्ञानी तो वही है, जो जीवित रहते हुए भी मृत के समान है, अर्थात् जो मृतदेह की भाँति कामना-वासना से रहित हो गया है।

श्रीरामकृष्ण ने एक बार केशव सेन से कहा था—"यदि तुम और थोड़े उन्नत होकर उच्च तत्त्वों का प्रचार करने लगो तो तुम्हारा दल-बल कुछ नहीं टिक पाएगा। ज्ञान की अवस्था में दल-बल स्वप्नवत् मिथ्या प्रतीत होता है।"

ज्ञानलाभ होने पर ईश्वर दूर का नहीं प्रतीत होता। तब फिर 'वे' नहीं रह जाते, 'ये' बन जाते हैं। हृदय में ही उनके दर्शन होते हैं। वे सबके भीतर हैं, जो उन्हें खोजता है, वही पाता है।

जिस प्रकार जल में डुबोया हुआ कुंभ भीतर-बाहर जल से पूर्ण रहता है, उसी प्रकार ईश्वर में मग्न हुआ व्यक्ति भीतर-बाहर सर्वत्र सर्वव्यापी ईश्वर को ही देखता है।

ईश्वर-लाभ हो जाने के बाद सर्वत्र सभी वस्तु में वे ही विराजमान दिखाई देते हैं। फिर मनुष्यों में जो सत्त्वगुणी भक्त हैं, जिनमें कामिनी-कांचन के भोग की बिल्कुल इच्छा नहीं, उनके भीतर और भी अधिक प्रकाश है।

ईश्वर-दर्शन के बाद भक्त को उनकी लीला देखने की अभिलाषा होती है। रावण-वध के बाद जब रामचंद्रजी राक्षसपुरी में प्रवेश करने लगे तो बूढ़ी निकषा दौड़ती हुई भागने लगी। तब लक्ष्मण बोले, "भैया! कैसे अचरज की बात है, देखो! यह निकषा कितनी बूढ़ी है, इसने कितना अधिक पुत्रशोक भोगा है, फिर भी इसे प्राणों का इतना भय है कि भाग रही है!" रामचंद्रजी ने निकषा को अभय प्रदान करते हुए पास बुलवाकर उसके भागने का कारण पूछा। तब निकषा बोली, "राम, मैं इतने दिन जीवित हूँ, इसीलिए तुम्हारी इतनी लीलाएँ देख पा रही हूँ। मुझे और भी जीने की इच्छा है, ताकि मैं तुम्हारी और भी लीलाएँ देख सकूँ।"

क्या मुक्त पुरुष के भीतर माया रहती है? शुद्ध सोने से गहने नहीं गढ़े जा सकते, उसमें थोड़ी सी मिलावट करनी पड़ती है। इसी प्रकार, पूर्ण रूप से मायारहित होने पर देह नहीं टिकती। देह के रहते थोड़ी माया रहती है।

जिस प्रकार, बकरे का गला काटने के बाद भी वह थोड़ी देर तक छटपटाता रहता है, उसी प्रकार जीवन मुक्त पुरुष जिस अहंभाव को लेकर संसार में विचरण करता है, वह निर्जीव होता है, वह उसे कामिनी-कांचन में आबद्ध नहीं कर सकता।

देह का जन्म हुआ है, इसलिए मृत्यु भी होगी। किंतु आत्मा की मृत्यु नहीं होगी। सुपारी पक जाने पर छिलके से अलग हो जाती है, परंतु कच्ची सुपारी को छिलके से अलग करना बड़ी टेढ़ी खीर है। ईश्वर के दर्शन होने पर देहात्म बुद्धि चली जाती है, तब देह और आत्मा अलग-अलग हैं, यह अनुभव हो जाता है।

यहूदियों ने ईसा मसीह को क्रूसर पर चढ़ा, उनकी देह में कीलें ठोकीं, पर तब भी उन्होंने उनके कल्याण के लिए प्रार्थना की। यह कैसे संभव है? गीले नारियल में कील ठोंकने से वह भीतरी गरी तक जा चुभती है; परंतु नारियल के सूख जाने पर गरी खोपड़े से अलग हो जाती है, तब बाहर कील ठोंकने पर वह गरी को नहीं लगती। ईसा मसीह सूखे खोपड़े की तरह थे, वे देह से अलग थे। इसलिए देह के कष्ट से उन्हें पीड़ा नहीं पहुँच सकी। देह में कीलें ठोकने पर भी उन्होंने आनंदित चित्त से वैरियों के कल्याण के लिए प्रार्थना की थी।

□

सिद्धपुरुष

जब नारियल के पेड़ की टहनी झड़ जाती है तो उसकी जगह सिर्फ उसका निशान रह जाता है, जिससे पता चलता है कि इस स्थान पर किसी समय एक टहनी थी। इसी प्रकार, जिसे ईश्वर-लाभ हो जाता है, उसमें अहंकार का केवल चिह्न भर रह जाता है, काम-क्रोधादि का केवल आकार मात्र रह जाता है। उसकी अवस्था बालक की सी हो जाती है। बालक का सत्त्व, रज, तम में से किसी भी गुण से लगाव नहीं होता। बालक के मन में किसी वस्तु के प्रति खिंचाव पैदा होने में जितना समय लगता है, उस वस्तु को छोड़ देने में भी उसे उतना ही समय लगता है। तुम चाहे तो उससे एक पाँच रुपए कीमत की धोती, अधेली की गुड़िया दे फुसलाकर ले सकते हो। भले ही पहले वह बड़े जोर के साथ कहे, 'नहीं, मैं नहीं दूँगा, मेरे बाबूजी ने मोल ले दी है।' फिर बालक के लिए सब समान हैं—ये बड़े हैं, वह छोटा है, यह ज्ञान उसे नहीं है। इसीलिए उसे जाति-पाँति का विचार नहीं है। माँ ने कह दिया, 'वह तेरा दादा है', फिर चाहे वह लुहार ही हो, वह उसके साथ बैठकर एक ही थाली में से रोटी खाएगा। बालक को घृणा नहीं। शुचि-अशुचि का ज्ञान नहीं।

मुक्त पुरुष संसार में किस तरह रहते हैं, जानते हो? पनडुब्बी चिड़िया की तरह; जो पानी में रहती तो है, पर उसके बदन पर पानी नहीं लगता; अगर कभी थोड़ा सा लग भी जाए तो एक बार बदन को झाड़ लेने से तुरंत सब पानी झड़ जाता है।

साँप को पकड़ने जाओ तो तुरंत काट खाता है, पर कोई अगर मंत्र ले तो कई साँपों को अपने गले में लपेटकर खेल दिखला सकता है। उसी प्रकार, ज्ञान-लाभ कर लेने के पश्चात् मनुष्य पर कामिनी-कांचन का परिणाम नहीं होता।

मेढक के बच्चे की जब दुम झड़ जाती है, तब वह पानी में भी रह सकता है और जमीन पर भी। अविद्यारूपी बुराई के झड़ जाने पर मनुष्य मुक्त हो जाता है।

तब वह सच्चिदानंद भगवान् में भी मग्न रह सकता है और संसार में भी विचरण कर सकता है।

हवा चंदन की सुगंध और निष्ठा की दुर्गंध दोनों को लेकर बहती है, परंतु उनमें से किसी के भी साथ मिल नहीं जाती। इसी प्रकार, मुक्त पुरुष संसार में रहते तो हैं, परंतु वे संसार के साथ मिलकर एक नहीं हो जाते।

लोहा यदि एक बार पारस पत्थर को छूकर सोना बन जाए, तो फिर उसे चाहे मिट्टी के भीतर गाड़ रखो, चाहे कूड़े में फेंक दो, वह सोना ही बना रहेगा, फिर लोहा नहीं बनेगा। जिन्होंने भगवान् का लाभ कर लिया है, उसकी अवस्था भी इसी प्रकार होती है। वे चाहे संसार में रहें, चाहे वन में। उन्हें किसी प्रकार का दोष छू नहीं सकता।

□

अच्छे और बुरे के पार

पहाड़ पर चढ़ने के पहले पठार पर छोटी-छोटी घास और बड़े-बड़े पेड़ देखकर मनुष्य सोचता है, 'यह घास कितनी छोटी है और ये पेड़ कितने बड़े हैं!' परंतु जब वह पहाड़ पर चढ़कर देखता है तो उसे घास और बड़े पेड़ सब एक से दिखाई देते हैं। इसी प्रकार, सांसारिक दृष्टि से देखने पर छोटे-बड़े का कितना भेद दिखाई पड़ता है! कहाँ राजा और कहाँ भिखारी! कहाँ माता-पिता और कहाँ संतान! परंतु ईश्वर की ओर दृष्टि पड़ते ही सब समान हो जाते हैं। तब उन्हीं की सेवा परम कर्तव्य बन बैठती है।

रानी रासमणि के कालीमंदिर में एक बार एक पागल सा साधु आया था। एक दिन उसे कुछ खाने को नहीं मिला, पर उसने किसी से कुछ नहीं माँगा। एक जगह एक कुत्ते को जूठी पत्तलों में से जूठन खाते देख, वह उसका कान पकड़कर बोला, "तुम खाते हो, हमको नहीं देते?" और उसी के साथ खाने लग गया। फिर काली-माता के मंदिर में जाकर उसने ऐसी अपूर्व स्तुति की कि मंदिर मानो कंपित हो उठा। बाद में, जब वह जाने लगा, तब श्रीरामकृष्ण ने अपने भानजे हृदय को उसके साथ जाकर देखने को कहा। हृदय के उसके पीछे-पीछे थोड़ी दूर जाते ही उस साधु ने पलटकर कहा, "तू क्यों आ रहा है?" हृदय ने कहा, "मैं कुछ उपदेश चाहता हूँ।" तब साधु ने कहा, "जिस समय तुझे यह नाले का पानी और वह गंगा का पानी दोनों एक प्रतीत होंगे; जिस समय यह शहनाई की आवाज और कोलाहल की आवाज एक ही मालूम होंगी, उस समय तुझे ठीक-ठीक ज्ञान-लाभ होगा।" श्रीरामकृष्ण कहा करते थे, "उस व्यक्ति की ज्ञानोन्माद अवस्था थी। सिद्धपुरुष संसार में बालकवत्, पिशाचवत् या उन्मत्तवत् विचरण किया करते हैं।"

परमहंस की अवस्था बालक जैसी होती है। पाँच वर्ष के बालक की तरह उसे स्त्री और पुरुष में भेद नहीं मालूम होता। परंतु फिर भी संसार के सामने आदर्श रखने

के लिए उसे कामिनी से सावधानी बरतनी चाहिए।

एक बार जनक राजा की सभा में एक संन्यासिनी आई। उसे देख जनक ने सिर नीचा कर लिया, आँखें झुका लीं। यह देख संन्यासिनी बोलीं, "हे जनक! तुम्हें अब भी स्त्रियों को देख इतना भय लगता है। पूर्णज्ञान हो जाने पर पाँच साल के बच्चे का सा स्वभाव हो जाता है, तब 'यह स्त्री है और यह पुरुष' इस प्रकार भेदबुद्धि नहीं रहती।

यद्यपि संसार में रहने वाले ज्ञानी में कुछ दाग लग सकता है, परंतु उस दाग के कारण कोई हानि नहीं होती। चंद्रमा में कालिमा है तो सही, पर उससे उसके प्रकाश में कोई बाधा नहीं आती।

लोहे की तलवार को पारस पत्थर का स्पर्श करवाने से वह सोने की बन जाती है। उसका आकार पहले जैसा ही रह जाता है, परंतु उससे फिर हिंसा के कार्य नहीं हो सकते। इसी प्रकार, ईश्वर के पादपद्मों का स्पर्श कर लेने पर यद्यपि मनुष्य के आकार में कोई बदल नहीं होता, तथापि उसके द्वारा फिर किसी प्रकार का दोषयुक्त काम नहीं हो सकता।

अद्वैतज्ञान को आँचल में बाँधकर जो चाहो करो, तुम्हें कोई दोष नहीं लगेगा।

एक बार भीड़ में से चलते हुए एक साधु का पैर एक दुष्ट आदमी को लग गया। इस पर उस आदमी ने मारे क्रोध के आगबबूला हो, उस साधु को इतनी बुरी तरह पीटा कि साधु बेहोश होकर गिर पड़ा। शिष्यों के काफी देर तक सेवा-शुश्रूषा करने के बाद जब उसे कुछ होश आया, तब एक शिष्य ने पूछा, "महाराज, बताइए तो भला कौन आपकी सेवा कर रहा है?" साधु ने कहा, "जिसने मुझे मारा था।" यथार्थ साधु को शत्रु और मित्र में भेद नहीं दिखाई देता।

□

सिद्धपुरुष तथा कर्म

जिसे भगवान् के दर्शन हुए हैं, वह कभी पागल की तरह, तो कभी पिशाच की तरह घूमता है। उसे शुचि-अशुचि का भाव नहीं रहता। कभी तो वह जड़ की तरह हो जाता है—अंदर-बाहर ईश्वर के दर्शन कर निर्वाक्, निःस्तब्ध बन जाता है। कभी वह बालक जैसा रहता है—किसी खीझ पर लगाव नहीं, बालक की तरह धोती को बगल में दबाए घूमता है। इस अवस्था में वह कभी बाल भाव में रहता है, कभी किशोर भाव में हँसी-दिल्लगी करता है, तो कभी युवक भाव में रहता है। किंतु जब वह लोकहित के लिए कर्म करता है, लोकशिक्षा देता है, उस समय उसमें सिंह के समान बल आ जाता है।

समाधि होने पर सब कर्मों का त्याग हो जाता है। पूजा-जप आदि कर्म, वैषयिक कर्म, सबका त्याग हो जाता है। शुरू-शुरू में कर्म की बड़ी चहल-पहल रहती है। पर मनुष्य ईश्वर की ओर जितना अधिक अग्रसर होता है, उतना ही कर्म का आडंबर कम होता जाता है। यहाँ तक कि धीरे-धीरे उनका नाम-गुणगान तक बंद हो जाता है।

बहू गृहस्थी के तरह-तरह के कामों में सदा उलझी रहती है, पर जब उसके गर्भ में संतान आ जाती है तो उसके सारे काम छूट जाते हैं। बच्चा पैदा हो जाने के बाद तो उसे दूसरे काम-काज अच्छे ही नहीं लगते। तब वह दिन भर अपने बच्चे की ही देखभाल करती रहती है, उसे चूमती-पुचकारती हुई आनंद में डूबी रहती है। मनुष्य अज्ञान-अवस्था में नाना प्रकार के कर्म करता है, किंतु ईश्वर के दर्शन पा जाने पर फिर उसे वे कर्म अच्छे नहीं लगते, तब उसे ईश्वर की सेवा छोड़ दूसरे काम करने में रुचि नहीं आती, वह ईश्वर को क्षण भर के लिए भी छोड़ना नहीं चाहता।

यदि तुम्हें ईश्वर का लाभ हो जाए तो फिर संसार असार नहीं प्रतीत होगा। जिसने उन्हें प्राप्त कर लिया है, वह देखता है कि वे ही यह जीव-जगत् बने हैं!

वह जब बच्चों को खिलाता है तो समझता है कि वह गोपाल को खिला रहा है; पिता–माता को ईश्वर–ईश्वरी की दृष्टि से देखता और उनकी सेवा करता है। ईश्वर को जानकर संसार में रहने से अपनी ब्याहता पत्नी के साथ प्राय: सांसारिक संबंध नहीं रहता। दोनों भक्त बन जाते हैं और सदा ईश्वर संबंधी वार्त्तालाप करते हैं, ईश्वरीय प्रसंग में ही मग्न रहते हैं। वे दोनों भक्तों की सेवा करते हैं। सर्वभूतों में ईश्वर विद्यमान हैं, वे उन्हीं की सेवा करते हैं।

□

संसारासक्तों की दुर्गति

भगवान् कल्पतरु हैं। कल्पतरु के नीचे बैठकर वह जिस वस्तु की इच्छा करता है, उसे वही प्राप्त होती है। इसलिए साधन-भजन करते हुए जब मन शुद्ध हो जाता है, तब अत्यंत सावधानी के साथ कामनाओं का त्याग करना चाहिए। क्यों, जानते हो? किसी समय एक बटोही घूमते-घूमते एक विस्तीर्ण मैदान में जा पहुँचा। राह में कड़क धूप की ताप और चलने के श्रम से अत्यधिक श्रांत और पसीने से तर होकर वह थकावट दूर करने के लिए एक पेड़ के नीचे बैठ गया। बैठे-बैठे उसने मन-ही-मन सोचा, 'इस समय अगर एक अच्छा सा बिछौना मिल जाए तो मैं चैन से सो जाऊँ!' बटोही नहीं जानता था कि वह कल्पतरु के नीचे बैठा हुआ है। उसके मन में ज्योंही यह वासना उठी, त्योंही वहाँ पर एक बढ़िया बिछौना आ पहुँचा। बटोही अत्यंत आश्चर्यचकित होकर उस बिछौने पर लेट गया और आराम करते हुए सोचने लगा, 'इस वक्त अगर कोई स्त्री आकर मेरे पाँव दबा दे तो मैं सुख से सो जाऊँ!' उसके मन में इस विचार के उठते ही तत्काल एक युवती आ पहुँची और वह उसकी पद-सेवा करने लगी। यह देखकर उस बटोही के आनंद की सीमा न रही। फिर उसे भूख लगने लगी। तब उसने सोचा, 'मन की ये इच्छाएँ तो पूरी हुईं, अब क्या कुछ खाने को नहीं मिलेगा?' ऐसा सोचते ही उसके सम्मुख नाना प्रकार की भोजन-सामग्रियाँ आ जुटीं। तब उन वस्तुओं से पेट भर भोजन कर वह बिछौने पर लेटे-लेटे उस दिन की सभी बातों का स्मरण करने लगा। ऐसे समय उसके मन में आया कि 'इस समय यदि अचानक एक बाघ आ जाए तो क्या हो?' ज्योंही उसका यह सोचना था कि कहीं से एक बड़ा भारी बाघ कूद पड़ा और बटोही की गरदन मरोड़कर खून चूसने लगा। इस प्रकार, उस बटोही का अंत हो गया। संसार में जीवों की भी ऐसी ही दशा होती है। साधना करते हुए यदि विषय-सुख, धन-जन अथवा मान-यश आदि की कामना की जाए तो ऐसी कामना कुछ अंश

में अवश्य पूर्ण होती है, परंतु अंत में बाघ का भय भी रहता है। अर्थात् रोग, शोक, ताप, अपमान तथा धनहानि-रूपी बाघ जीते-जागते बाघ से लाख गुना अधिक कष्टदायक होते हैं।

एक बार कुछ मछुआरिनों को बाजार से लौटते हुए राह में रात हो गई। आसमान में बादल घिर आए और आँधी चलने लगी। उन्हें पास ही एक मालिन के यहाँ आश्रय लेना पड़ा। मालिन ने जिस कमरे में उनके सोने की व्यवस्था की, उसमें फूलों की टोकरियाँ रखी हुई थीं। उन फूलों की सुगंध के कारण मछुआरिनों को काफी रात तक नींद नहीं आ पाई। आखिर उनमें से एक ने कहा, "बाहर जो हमारी मछली की टोकरियाँ रखी हैं, उन पर थोड़ा पानी छिड़ककर अगर हम अपने सिरहाने रख लें तो उस गंध से यह फूलों की गंध दब जाएगी।" यह सुझाव सभी को पसंद आया। और तब सब मछुआरिनों ने अपनी-अपनी टोकरी पर पानी छिड़ककर वह अपने सिरहाने रख लीं और देखते-ही-देखते वह सब-की-सब मजे से खर्राटे भरने लगीं। संसारी जीवों का यही हाल है। वह विषय-सुख और भोग-वासना के वातावरण में पले होते हैं, इसलिए त्याग और पवित्रतापूर्ण वातावरण में जाते ही उनका दम घुटने लगता है और वे बेचैन हो जाते हैं।

एक साधु समाधिमग्न होकर रास्ते के किनारे पड़ा था। इतने में वहाँ एक चोर आया। साधु को देखते ही वह मन-ही-मन कहने लगा, 'यह जरूर कोई चोर है, रात भर चोरी करने के बाद अब यहाँ पड़ा सो रहा है। अभी पुलिस आकर इसे पकड़ ले जाएगी; मैं भाग निकलूँ।' फिर एक शराबी आया और साधु को देख कहने लगा, "सारी रात शराब चढ़ाकर अब नाले में पड़े हो! सब लक्षण समझता हूँ, बेटा!" अंत में वहाँ एक साधु आया और उस समाधिमग्न साधु की अवस्था को पहचानकर वह उसकी सेवा करने लगा। अपने संसारासक्तिजन्य संस्कार के कारण हम यथार्थ आध्यात्मिक संपदाओं को नहीं समझ पाते।

श्रीरामकृष्ण पुजारी वर्ग के विषय में श्रीचैतन्यदेव के जीवन से संबंधित एक घटना बताया करते थे। चैतन्यदेव भावसमाधि में पूरी तरह मग्न होकर समुद्र में गिर पड़े थे। उस अवस्था में वे एक मछुआरे के जाल में फँस गए और जाल के साथ बाहर निकाले गए। चैतन्यदेव के पावन स्पर्श के प्रभाव से वह मछुआरा भी भावावस्था को प्राप्त हुआ और सब काम-काज छोड़ हरिनाम लेते हुए पागलों की तरह घूमने लगा। घरवालों के काफी प्रयत्न करने के बावजूद जब उसकी अवस्था में कोई परिवर्तन नहीं हुआ, तब निरुपाय हो वे चैतन्यदेव के निकट आए और उन्हें

सब हाल कह सुनाया। तब चैतन्यदेव ने कहा, "किसी पुजारी के यहाँ का चावल लाकर उसके मुँह में डालो, उससे वह अच्छा हो जाएगा।" घरवालों ने वैसा ही किया। उससे मछुआरे की वह भावावस्था चली गई। आध्यात्मिक उन्नति के मार्ग पर संसारासक्ति और अपवित्रता का ऐसा ही दुष्परिणाम होता है।

किसी रईस आदमी ने अपनी जायदाद की देख-रेख के लिए एक गुमाश्ते को नियुक्त कर रखा था। किसी के पूछने पर कि 'यह जमीन-जायदाद किसकी है', वह गुमाश्ता कहा करता, 'यह सबकुछ मेरा है—यह मकान, यह बगीचा, सब!' यह कहते हुए वह मारे गर्व के फूला नहीं समाता। एक दिन मालिक की सख्त मनाही होते हुए भी उसने उसके तालाब से मछलियाँ पकड़ीं और दुर्भाग्यवश, मालिक ने उसे रँगे हाथों पकड़ लिया। गुमाश्ता की बेईमानी से नाराज हो मालिक ने उसे खूब डाँट-फटकारकर नौकरी से निकाल दिया। जाते समय वह अपनी छोटी सी संदूकची तक नहीं ले जा सका! झूठा गर्व करने का यही परिणाम होता है।

एक बार एक नाई कहीं जा रहा था। जाते-जाते एक जगह एक पेड़ के नीचे अचानक उसे सुनाई दिया, कोई मानो कह रहा है, "सात घड़ा धन लेगा?" नाई ने आश्चर्यचकित हो चारों ओर देखा, किंतु कहीं कोई दिखाई नहीं दिया। परंतु सात घड़ा धन की बात सुनकर उसके मन में लालच पैदा हुआ और वह जोर से बोल उठा, "हाँ, लूँगा!"

त्योंही उसे फिर वही आवाज सुनाई दी, "अच्छा, तेरे घर पर रख आया हूँ, जा, ले ले।" नाई ने घर आकर देखा, सचमुच ही सात घड़े रखे हुए हैं। उसने सब घड़ों को खोलकर अच्छी तरह देखा तो उसे दिखाई दिया कि छह घड़े तो सोने की मुहरों से भरे हैं, पर सातवाँ घड़ा कुछ खाली है। उसके मन में सातवें घड़े को भी पूरा भरने की तीव्र इच्छा उठी और उसने घर में जितना भी धन, गहने आदि थे, वह सब लाकर उसे घड़े में डाल दिया। पर भला इतने से वह घड़ा कैसे भरता? घड़े को पूरा भरने के लिए नाई बड़ा ही व्याकुल रहने लगा। घर-गृहस्थी के खर्च में कटौती करते हुए वह बचा हुआ सारा धन घड़े में डालने लगा। पर वह घड़ा भरता ही न था। अंत में, उसने राजा से प्रार्थना की कि उसे जो वेतन मिलता है, उतने में उसका गुजारा नहीं हो पाता, दया करके वेतन बढ़ा दिया जाए। राजा उस नाई पर खुश था। उसके कहते ही राजा ने उसका वेतन दुगुना कर दिया। पर नाई की दशा पहले जैसी ही रही। अब तो वह लोगों से माँगकर खाता और पूरा वेतन घड़े में डाल देता। पर घड़ा था कि भरने का नाम ही नहीं लेता। दिनोदिन नाई की हालत को बिगड़ते देख

एक दिन राजा ने पूछा, "क्यों रे! तुझे जब कम वेतन मिलता था, तब तो तेरी गुजर-बसर अच्छी तरह से हो जाती थी, और अब दुगुना वेतन पाकर भी तेरी ऐसी दशा क्यों है? तू क्या सात घड़ा धन ले आया है?"

नाई ने हक्का-बक्का होकर कहा, "जी, आपको किसने बताया?" राजा ने कहा, "अरे, वह तो यक्ष का धन है! उस समय यक्ष ने आकर मुझसे भी पूछा था, 'सात घड़ा धन लोगे?' मैंने पूछा, 'वह धन जमा करने के लिए है या खर्च करने के लिए?' तब वह बिना उत्तर दिए भाग गया। वह धन कभी नहीं लेना चाहिए, उसे खर्च नहीं किया जा सकता, सिर्फ जमा ही करना पड़ता है। तू अपना भला चाहता है तो जल्दी वह धन लौटा आ।"

तब नाई को होश आया और वह झटपट उस जगह पर जाकर चिल्लाकर बोल आया, "तुम्हारा धन तुम ले जाओ, मुझे नहीं चाहिए।" यक्ष ने कहा "ठीक है।" पर लौटकर नाई ने देखा कि वे सातों घड़े गायब हो गए हैं। दु:ख की बात यह थी कि इतने दिनों तक पेट को काटते हुए उसने उस खाली घड़े में जो कुछ धन डाला था, वह भी चला गया। धर्मराज्य में भी ऐसा ही हुआ करता है। जमा-खर्च का ठीक-ठीक ज्ञान न रहे तो अंत में अपना सर्वस्व गँवा बैठना पड़ता है।

आषाढ़ के दिन थे। एक बकरी का बच्चा अपनी माँ के पास खेल रहा था। खेलते हुए उसने पूछा, "माँ, रासफूल खाने को जी हो रहा है, कब खाने को मिलेंगे?" बकरी बोली, "ठहर जा बेटा। अभी रासफूल खाने को बहुत दिन हैं। पहले क्वाँर-कार्तिक के दिन अच्छी तरह बीत जाएँ, फिर बच निकला तो रासफूल खाना। यह तेरे लिए संकट का समय है। क्वाँर में दुर्गा-पूजा के समय कोई तेरी बलि न चढ़ा दे! फिर कार्तिक में काली-पूजा का भयंकर समय है, उस समय भी यही डर है। इन दो खतरों से तू बच भी निकले तो थोड़े ही दिनों में जगद्धात्री-पूजा आ जाती है, उसमें कहीं तेरी बलि न चढ़ा दी जाए! इन सब संकटों से बच सका, तभी तू कार्तिक की पूनम में रासफूल खाने की आशा कर सकता है।" झूठी आशा से अत्यधिक उत्फुल्ल मत होओ; जीवन में कई संकटों का सामना करना पड़ता है।

□

कामिनी का बंधन

एक बार एक आधुनिक विद्या-विभूषित शिक्षित व्यक्ति श्रीरामकृष्ण के साथ तर्क-वितर्क कर रहा था। उसका मत यह था कि संसार में रहकर भी संसार से निर्लिप्त रहा जा सकता है। श्रीरामकृष्ण ने उससे कहा, "तुम लोगों के 'निर्लिप्त संसारी' कैसे होते हैं, जानते हो ? एक घर में एक गरीब ब्रह्मण कुछ सहायता माँगने गया। उस घर का मालिक ऐसा ही एक 'निर्लिप्त संसारी' था। यानी वह अपने हाथ में एक पैसा भी नहीं रखता था। सबकुछ पत्नी के हाथ में सौंप देता था। मालिक ने कहा, "महाराज, मैं तो रुपए-पैसों को छूता तक नहीं। आप फिजूल ही मेरे पास माँग रहे हैं।" ब्राह्मण भी किसी हालत में छोड़ने वाला नहीं था, वह बहुत आरजू-मिन्नत करने लगा। जब घर के मालिक ने देखा कि वह कुछ पाए बिना छोड़ने वाला नहीं है तो वह बोला, 'अच्छा, तो आप कल आइए, देखता हूँ आपके लिए यदि कुछ कर सकूँ।" फिर उसने घर के अंदर जाकर पत्नी से कहा, "देखो, एक गरीब ब्राह्मण बड़े संकट में पड़ गया है। उसे एक रुपया देना होगा।" सुनते ही उसकी पत्नी गुस्से से तिलमिलाकर बोली, "वाह ! तुम तो बहुत बड़े दाता बन गए ! रुपये-पैसे क्या घास-पत्ते हैं ?"

मालिक विनती के स्वर में कहने लगे, "गरीब आदमी है; बहुत पीछे पड़ा है; एक रुपया दिए बिना नहीं चल सकता।" तब मालकिन ने काफी विरोध के बाद कहा कि "एक दुअन्नी ले जाओ।" लालाजी तो 'निर्लिप्त संसारी' ठहरे ! निरुपाय होकर उन्होंने, पत्नी ने जो दिया, वह रख लिया और दूसरे दिन उस ब्राह्मण को दे दिया। तो ऐसे निर्लिप्त संसारियों का यही हाल है। उनका स्वयं का कोई बस नहीं चलता। वे गृहस्थी के काम-काज की ओर स्वयं ध्यान नहीं दे पाते, इसलिए सोचते हैं कि वे निर्लिप्त, निरासक्त पुरुष हैं।"

पहले जयपुर के गोविंदजी के मंदिर के पुजारी लोग विहार नहीं करते थे। उस

समय वे अत्यंत तेजस्वी थे। एक बार राजा ने उन्हें बुला भेजा, परंतु वे नहीं गए। कहा, "राजा को यहाँ आने को बोलो।" बाद में राजा ने उनका विवाह करा दिया। तब फिर उन्हें बुलवाना नहीं पड़ता था। वे स्वयं की राजा के पास आते और कहते, "महाराज, हम आशीष देने आए हैं। हम यह निर्माल्य लाए हैं, इसे धारण कीजिए।" अब वे ऐसा करने को विवश थे; क्योंकि आज घर की दीवार खड़ी करनी है, कल बच्चे का अन्नप्राशन है, परसों उसका विद्यारंभ करना है। और इन सबके लिए पैसा चाहिए।

तुम लोग तो स्वयं ही देख रहे हो, दूसरे की नौकरी स्वीकार कर तुम कैसे पराधीन बन गए हो! देखो न, इतनी परीक्षाएँ पास किया हुआ, इतनी अंग्रेजी जानने वाला पंडित भी नौकरी स्वीकारते ही दोनों जून साहब के बूट की चोट सहता जाता है! इतना अपमान, दासत्व की यह यातना क्यों सहनी पड़ती है? इसका एकमात्र कारण है—कामिनी का मोह।

□

सिफारिश

एक आदमी नौकरी की तलाश में बहुत ही परेशान था। ऑफिस के बड़े बाबू के पास जाते-जाते उसकी नाक में दम आ गया, पर बड़े बाबू इतना ही कहते कि इस समय नौकरी खाली नहीं है; बीच-बीच में आकर पूछ लिया करो। ऐसा करते हुए बहुत समय बीत गया, पर नौकरी लगने की कोई उम्मीद ही नहीं दिखाई दी। एक दिन उस आदमी ने अपने एक दोस्त के आगे अपना दुखड़ा रोया। सुनते ही दोस्त बोल उठा, "वाह रे, तेरी अक्ल! उस आदमी के पास चक्कर लगाने से क्या होने वाला है? तू एक काम कर, तू गुलाबी के पास जाकर उसे राजी कर ले। देख, कल ही तेरी नौकरी लग जाएगी!" वह आदमी बोला, "तब तो मैं अभी उसके पास चला।" गुलाबी बड़े बाबू की प्रेमिका थी। वह आदमी उसके पास जाकर कहने लगा, "अम्माँ, मैं बड़ी मुसीबत में पड़ गया हूँ। बहुत दिनों से कोई काम-धंधा नहीं है। बाल-बच्चों के भूखों मरने की नौबत आ गई है। ब्राह्मण का बेटा ठहरा, दूसरा कुछ तो नहीं कर सकता। कहाँ जाऊँ? क्या करूँ? तुम एक बार कह दो तो मुझे नौकरी मिल जाए।" गुलाबी के मन में दया आ गई। उसने सोचा, 'अरे, बेचारा गरीब ब्राह्मण बड़ी तकलीफ पा रहा है।' वह बोली, "तो बेटा, किससे कहना होगा?" आवेदक ने कहा, "तुम कृपा करके एक बार बड़े बाबू से कह दो तो मुझे काम मिल जाए।" गुलाबी बोली, "ठीक है, मैं आज ही बाबू से कहती हूँ।" दूसरे ही दिन सवेरे उस उम्मीदवार के पास एक चपरासी ने आकर खबर दी कि उसे बड़े बाबू ने आज ही ऑफिस में आने को कहा है। उसके जाते ही बड़े बाबू ने ऑफिस के सबसे बड़े साहब के पास सिफारिश कर दी, "ये सज्जन हमारे काम के लिए बहुत ही योग्य हैं। उनके द्वारा ऑफिस को विशेष लाभ होगा। उन्हें नियुक्त किया जा रहा है।" कामिनी का ऐसा ही प्रभाव है। सारा जग इस कामिनी और कांचन को लेकर भूला हुआ है।

एक पंडितजी के शिष्य की कपड़े की दुकान थी। एक बार पंडितजी को पोथी-पत्रा बाँधने के लिए एक खंड कपड़े की जरूरत पड़ी। उन्होंने अपने शिष्य की दुकान में आकर अपनी आवश्यकता जताई। शिष्य कहने लगा, "अरे महाराज, पहले बतलाने से अच्छा होता। अभी कुछ ही दिन पहले एक खंड बचा था, पर मैंने वह एक जन को दे दिया। खैर, अबकी अगर छोटा खंड बचा तो आपके लिए रख दूँगा। पर आप बीच-बीच में आकर खबर लेते रहना।" गुरुजी उसकी बात मानकर जाने लगे। इधर शिष्य की पत्नी घर के भीतर से सब देख रही थी। गुरुजी अंदर आए। शिष्य की पत्नी ने पूछा, "महाराज, आप मालिक से क्या माँग रहे थे?" गुरुजी ने सब बातें बतला दीं। तब शिष्य की पत्नी ने कहा, "तो आप जाइए, कल ही आपके यहाँ कपड़ा भिजवा देती हूँ।" गुरुजी, "ठीक है" कहकर चल दिए। रात को जब वह शिष्य दुकान बंद कर घर आया तो उसकी पत्नी ने पूछा, "क्या तुम दुकान बंद करके आए हो?" वह बोला, "हाँ, क्यों भला?" पत्नी बोली, "तुम अभी जाकर मेरे लिए दो अच्छे खंड कपड़े ले आओ।" शिष्य कहने लगा, "उसमें क्या है? मैं कल ही तुम्हें दो बहुत अच्छे खंड ला दूँगा।" पत्नी बोली, "नहीं-नहीं, यह नहीं होगा, अभी ले आओ!" आखिर शिष्य बेचारा क्या करता! यह तो गुरु नहीं थे कि बीच-बीच में आकर खबर लेने को कहा जाए! वह तो गुरु के भी गुरु महागुरु का हुक्म था। इसकी बात तो टाली नहीं जा सकती थी। निरुपाय होकर उसने रात को फिर दुकान खोली और दो खंड कपड़े ले आया। दूसरे दिन सवेरे ही शिष्य की पत्नी ने एक जन के हाथ उन खंडों को गुरुजी के यहाँ भिजवाकर उनसे कहने को कहा, "अब से आपको जो कुछ जरूरत लगे, उसके लिए आप मुझसे कहा कीजिएगा।"

किसी के पूछने पर कि "आप अपनी पत्नी के साथ गृहस्थी क्यों नहीं करते?", श्रीरामकृष्ण ने उत्तर दिया—"एक दिन गणेश ने एक बिल्ली को नाखून से खरोंच दिया था। घर जाकर उन्हें माता पार्वती के गाल पर नख के चिह्न दिखाई दिए। उन्होंने पूछा, 'माँ, तुम्हारे गाल पर ये नाखून के दाग कैसे आए?' जगज्जननी बोलीं, 'बेटा, यह तुम्हारे ही नाखून के दाग हैं।' गणेश ने आश्चर्य से पूछा, 'भला मेरे नाखून तुम्हारे गाल पर कब लगे?' पार्वती ने कहा, 'बेटा, क्या तुम्हें याद नहीं कि सवेरे तुमने एक बिल्ली को नोचा था?' गणेश बोले, 'बिल्ली को नोचा तो था, पर तुम्हारे गाल पर दाग कैसे बना?' पार्वती बोलीं, 'बेटा! इस संसार में मेरे सिवा कुछ नहीं है। सभी जीव-जंतु, सारी सृष्टि मैं ही हूँ। तुम किसी को भी चोट पहुँचाओ, वह

चोट मुझी को पहुँचेगी।' सुनकर गणेश आश्चर्यचकित हो गए और उन्होंने आजीवन विवाह न करने की प्रतिज्ञा की। भला, विवाह किससे करें? जिससे विवाह करने जाएँ वह तो उनकी माँ ही हैं! सर्वत्र सभी नारियों में माँ की सत्ता का ज्ञान होने के कारण उनके लिए विवाह करना संभव नहीं हो सका। मेरी भी यही अवस्था है। मैं नारी मात्र को अपनी माता समझता हूँ।"

□

आध्यात्मिक उन्नति

जिसका जैसा भाव होता है, उसे वैसा ही लाभ होता है। दो मित्र घूम रहे थे। घूमते हुए एक स्थान पर उन्होंने देखा, भागवत का पाठ चल रहा है। एक मित्र ने कहा, "चलो भाई, थोड़ी देर वहाँ बैठकर भागवत सुनें।" दूसरा बोला, "न भाई, भागवत सुनकर क्या होगा? चलो, अमुक युवती के यहाँ जाकर मौज उड़ाएँ।" पहला मित्र इस पर राजी नहीं हुआ, वह जाकर भागवत सुनने लगा। दूसरा मित्र युवती के घर जा पहुँचा। परंतु वहाँ जाकर वह मौज नहीं उड़ा सका। वह यही सोचने लगा कि 'हाय, मैं यहाँ क्यों आया? मेरा दोस्त वहाँ बैठकर कितना सुंदर हरि-गुणगान सुन रहा है!' उधर दूसरा मित्र भागवत सुनने तो बैठा, पर बैठकर केवल यही विचार करने लगा कि 'हाय, मैं अपने दोस्त के साथ क्यों नहीं गया? वह इस समय वहाँ कितना मौज न उड़ा रहा होगा!' परिणाम यह हुआ कि जो व्यक्ति भागवत सुन रहा था, उसे तो युवती के घर जाने का फल मिला, और जो युवती के घर बैठा था, उसे भागवत-श्रवण का फल।

किसी शिव-मंदिर के निक़ट एक संन्यासी रहा करता था। सामने ही एक युवती का मकान था। युवती के यहाँ दिन-रात लोगों का ताँता लगा रहता। उसका जीवन देख संन्यासी के मन में बहुत दुःख होता। एक दिन संन्यासी ने उस युवती को बुलाकर फटकारते हुए कहा, "तू बड़ी पापिन है, दिन-रात पाप किया करती है। अंत में तेरी क्या गति होगी?" सुनकर युवती को अत्यंत पश्चात्ताप हुआ और वह मन-ही-मन स्वयं को धिक्कारती हुई ईश्वर से खूब प्रार्थना करने लगी। वह दूसरा कुछ नहीं कर सकती थी, पेट के लिए उसे वही धंधा करना पड़ता था। परंतु उस दिन से वह जब कभी पाप कर्म करती, अत्यंत कातर हो, भगवान् से प्रार्थना करती, उनसे क्षमा माँगती।

इधर संन्यासी ने विचार किया, "देखूँ, आज से इसके पास कितने लोग आते हैं!" और उस दिन से वे संन्यासी युवती के यहाँ जितने लोग आते, उतने ही कंकड़ एक ओर जमाकर रखने लगे। होते-होते कंकड़ों की ढेरी लग गई। फिर एक दिन संन्यासी ने उस स्त्री को कंकड़ों की ढेरी दिखाकर कहा, "देख, थोड़े ही दिनों में तूने कितना पाप किया है! अब भी तू सावधान हो जा!" कंकड़ों की ढेरी देख वह स्त्री व्याकुल हो रोते हुए भगवान् से प्रार्थना करने लगी, "हे भगवान्, मुझे बचाओ, मेरी रक्षा करो।" भगवान् की लीला अगम्य है। कुछ ही दिन बाद उस युवती और संन्यासी दोनों की एक साथ मृत्यु हो गई। उस समय यमदूत आकर संन्यासी को और विष्णुदूत आकर युवती को ले जाने लगे। यमदूतों को देख संन्यासी ने घबड़ाकर कहा, "तुम लोगों से भूल हो गई है। विष्णुदूत मेरे लिए आए होंगे और तुम लोग अवश्य ही उस युवती के लिए भेजे गए हो।" संन्यासी ने क्रोधित होकर कहा, "क्या, मैं जीवन भर भगवान् का नाम लेता रहा और वह औरत गंदा काम करती रही। पर इस समय मुझे तुम लोग और उसे विष्णुदूत ले जाएँगे? यह कैसी बात है?" यमदूतों ने कहा, "उसने गंदा काम नहीं किया, गंदा काम तो तुम करते रहे। और तुमने भगवान् का नाम नहीं लिया। भगवान् का नाम तो वह लेती रही। तुम अच्छी तरह सोचकर देखो! जिसका जैसा भाव है, उसे वैसा ही लाभ होता है।"

□

धर्मत्व की समझ

किसी राजा को उसके गुरु ने उच्च अद्वैत तत्त्व का उपदेश प्रदान किया—'सर्व घट में एक ही ब्रह्म विराजित हैं, सभी समान हैं।' राजा को यह बात बड़ी पसंद आई। उसने सभा से लौटकर रानी के बदले उसकी दासी के साथ भोग-विलास करने की इच्छा प्रकट करते हुए कहा, "रानी और दासी तो एक ही हैं।"

रानी ने घबराकर गुरुदेव को सब बातें बतला दीं। गुरुदेव बोले, "भोजन के समय राजा को एक बरतन में कुछ विष्ठा भी परोसना।" रानी ने वैसा ही किया। राजा और गुरुदेव साथ ही भोजन करने बैठे। भोजन के साथ विष्ठा देखते ही राजा आग-बबूला हो गया। तब गुरुदेव ने कहा, "तुम तो अद्वैत तत्त्व को जानते हो! जब सबकुछ एक है, तब भोजन और विष्ठा भी तो एक ही हैं। फिर विष्ठा क्यों न खा सकोगे?"

इस पर राजा क्रुद्ध होकर बोल उठा, "तो फिर आप ही क्यों नहीं खाते?" गुरुदेव ने 'ठीक है' कहकर झट शूकर रूप धारण कर उस विष्ठा को खा लिया और फिर से पूर्व रूप धारण कर लिया। राजा तो देखकर दंग ही रह गया। तब उसकी आँखें खुलीं और वह समझ गया कि अद्वैत तत्त्व सिर्फ मुँह से कहने की बात नहीं है, उसका अनुभव होना चाहिए।

□

गोहत्या का पाप

एक ब्राह्मण ने एक बाग लगाया था। वह दिन-रात उसकी देख-रेख में लगा रहता। एक दिन बाग में एक गाय घुस गई और ब्राह्मण के इतने श्रम से लगाए हुए पौधों को खाने लगी। यह देखते ही ब्राह्मण मारे गुस्से के आगबबूला हो उठा और उसने गाय को इतना पीटा कि वह मर गई। यह खबर तुरंत फैल गई और सब लोग ब्राह्मण को गोहत्या के लिए दोषी ठहराने लगे। परंतु ब्राह्मण अपना दोष कबूल नहीं करता था। वह कहता, "इसमें मेरा क्या कसूर? मैंने गोहत्या नहीं की, मेरे हाथ ने यह काम किया है। हाथ के अधिष्ठाता देवता इंद्र हैं। अतएव गोहत्या का पाप इंद्र को लगेगा, मुझे नहीं। मैं निर्दोष हूँ।" इंद्र ने देखा कि बड़ी मुसीबत है। वे ब्राह्मण को सबक सिखाने के लिए स्वयं एक ब्राह्मण का रूप धारण कर उस बाग में आए और ब्राह्मण से पूछने लगे, "यह बाग किसका है, महाराज!"

ब्राह्मण : मेरा!

इंद्र : वाह! बहुत सुंदर बगीचा है। आपका माली भी बड़ा कुशल है। देखिए तो, कितनी अच्छी तरह से सजाकर पौधों को लगाया है!

ब्राह्मण : अजी, मैंने खुद खड़े रहकर सब देखभाल कर लगवाया है।

इंद्र : अच्छा! यह रास्ता भी कितना सुंदर है! यह सब किसने बनाया?

ब्राह्मण : अजी, यह सब तो मेरे ही हाथ का काम है।

इंद्र : वाह, वाह! सभी कुछ आपने ही किया है; सिर्फ इस गाय को मारते समय इंद्र आया था, क्यों?

□

फुफकारना

एक मैदान में एक विषैला साँप रहता था। उस ओर जाने से सभी घबराते थे, क्योंकि किसी के पास आते ही वह साँप उसे काट खाता था। एक बार एक साधु उस ओर से गुजरा। पहले तो साँप उसे भी काटने को दौड़ा, पर उसके पास आते ही उसके मंत्र के प्रभाव से वह वशीभूत हो गया। तब उस साधु ने उसे हिंसा न करने का उपदेश दिया। साधु का उपदेश पाकर साँप बिल्कुल ही बदल गया। अब वह किसी तरह की हिंसा नहीं करता, हमेशा शांत रहता। लोगों को शीघ्र पता चल गया कि अब यह साँप पहले जैसा भयावह नहीं रह गया है, अब यह किसी को नहीं काटता। अब लड़के-बच्चे उसे सताने लगे। कोई उसे पत्थर मारता, तो कोई उसकी पूँछ पकड़कर खींचता। इस प्रकार उसे बहुत ही तकलीफ होने लगी। उसकी हालत बहुत बिगड़ गई। एक दिन वह साधु वहाँ आया। साँप की दुर्दशा को देख उसे बड़ा अचंभा हुआ। कारण पूछने पर साँप बोला, “महाराज, आपका उपदेश सुनकर मैंने हिंसा छोड़ दी है, पर ये लोग मुझे बड़ा सताते हैं।” तब साधु ने कहा, “अरे, मैंने तुझे काटने से मना किया था, फुफकारने से कब मना किया? खुद की रक्षा करने के लिए फुफकारकर लोगों को अवश्य डराया करना, पर हाँ, उन्हें काटना नहीं।” इसी प्रकार, तुम संसार में रहते समय कभी-कभी आत्मरक्षा के लिए दूसरों को भय दिखा सकते हो, परंतु किसी को हानि न पहुँचाओ।

एक बार आचार्य ने शिष्यों को उपदेश दिया, ‘सभी वस्तु नारायण हैं।’ शिष्य ने इसके शब्दार्थ को ही ग्रहण किया, मर्मार्थ को नहीं। एक दिन कहीं जाते समय उसने रास्ते पर एक हाथी को आते देखा। हाथी के ऊपर बैठा महावत चिल्ला रहा था, “हट जाओ, हट जाओ।” पर शिष्य ने मन-ही-मन विचार किया, ‘मैं क्यों हटूँ? मैं नारायण हूँ, यह हाथी भी नारायण है, फिर नारायण को नारायण से डर किस बात का?’ ऐसा सोचकर वह वहीं खड़ा रहा। हाथी ने पास

आते ही उसे सूँड़ से उठाकर दूर पटक दिया। उसे बड़ी चोट लगी। बाद में गुरु के पास पहुँचकर उसने सारी घटना कह सुनाई। तब गुरुजी ने कहा, "यह मैंने ठीक कहा था कि तुम भी नारायण हो और हाथी भी नारायण है; पर हाथी के ऊपर बैठा और एक नारायण तुम्हें जब सावधान कर रहा था, तब उसकी बात तुमने क्यों नहीं सुनी?"

□

मतांधता के दोष

घंटाकर्ण जैसे एकांगी मत बनो। एक शिवभक्त था, जो शिव की उपासना किया करता था, पर विष्णु के प्रति द्वेषभाव रखता था। एक दिन भगवान् शंकर ने उसे दर्शन देकर कहा, "देखो, जब तक तुम्हारा विष्णु के प्रति द्वेषभाव दूर नहीं होगा, तब तक मैं तुम पर प्रसन्न नहीं होऊँगा।" भक्त ने कुछ नहीं कहा। वह फिर भी शिव की ही एकनिष्ठ उपासना करने लगा। उसकी उपासना की तीव्रता के कारण शिवजी को उसे फिर से दर्शन देने पड़े। अबकी बार भगवान् हरिहर के रूप में आविर्भूत हुए। आधा शरीर शिव का था और आधा विष्णु का। शिव को देख भक्त आनंदित हुआ, पर विष्णु को देख दु:खित। इस तरह, वह आधा आनंदित और आधा दु:खित हुआ। फिर वह देवता की पूजा करने लगा। पूजा करते समय उसने केवल शिव की ही पूजा की, विष्णु की ओर देखा तक नहीं। जब वह धूप चढ़ाने लगा तो कहीं उसकी सुगंध विष्णु को भी न मिल जाए, इस शंका से वह विष्णु की नाक दबाए बैठा रहा। तब भगवान् बोले, "देखो, मैंने तुम पर कृपा कर हरिहर का रूप धारण किया, जिससे समझ सको कि शिव और विष्णु अभिन्न हैं; पर तुम यह समझ ही नहीं सके। इस एकांगी भाव के लिए तुम्हें काफी कष्ट भोगना पड़ेगा।"

विष्णु के प्रति उसके द्वेषभाव की बात धीरे-धीरे सब ओर फैल गई और गाँव के बच्चे उसे देखते ही 'हरि-हरि' कहकर ताली बजाते हुए चिढ़ाने लगे। अंत में निरुपाय हो, हरिनाम सुनने से बचने के लिए उसने अपने दोनों कानों में दो घंटे लटका लिये। ज्योंही बच्चे 'हरि-हरि' कहकर चिल्लाते, त्योंही वह उन घंटों को जोर से बजाकर हरिनाम न सुनने की कोशिश करता। इस तरह उसका नाम 'घंटाकर्ण' पड़ गया।

एक बार चार अंधे हाथी देखने गए। उनमें से एक जन हाथी के पैर को छू आया और कहने लगा, "हाथी खंभे जैसा है।" दूसरे ने हाथी की सूँड़ को छुआ था,

वह कहने लगा, "हाथी मूसल जैसा है।" तीसरा अंधा हाथी के पेट को छू आया था; वह कहने लगा, "हाथी बड़ी नाँद की तरह है।" चौथा हाथी के कान का स्पर्श कर आकर कहने लगा, "हाथी तो सूप जैसा है।" इस तरह चारों हाथी के रूप के बारे में वाद-विवाद करने लगे। उनका कोलाहल सुन एक ने आकर पूछा, "क्या बात है, तुम लोग क्यों झगड़ रहे हो?" तब उन्होंने उसे मध्यस्थ ठहराकर सब किस्सा कह सुनाया। सुनकर वह आदमी बोला, "तुममें से किसी ने भी ठीक-ठीक हाथी को नहीं देखा। हाथी खंभे के जैसा नहीं, उसके पाँव खंभे जैसे हैं। वह मूसल जैसा नहीं, उसकी सूँड़ मूसल जैसी है। वह नाँद के जैसा नहीं, उसका पेट नाँद के जैसा है। वह सूप जैसा नहीं, उसके कान सूप जैसे हैं। इन सबको मिलाकर ही हाथी बना है।" उन्होंने ईश्वर के स्वरूप के एक ही पहलू को देखा है, वे इसी प्रकार आपस में झगड़ते रहते हैं।

किसी कुएँ में एक मेढक रहता था। वह वहीं जनमा था और वहीं बड़ा हुआ था। एक बार एक समुद्र का मेढक उस कुएँ में आ पड़ा। कुएँ वाले मेढक ने उससे पूछा, "तुम कहाँ से आ रहे हो?" समुद्री मेढक बोला, "समुद्र से।" कुएँ वाले मेढक ने पूछा, "समुद्र कितना बड़ा है?" दूसरे मेढक ने उत्तर दिया, "बहुत बड़ा!" तब कुएँ वाले मेढक ने अपने दो पैर फैलाकर पूछा, "इतना बड़ा?" समुद्री मेढक बोला, "इससे बहुत बड़ा।" तब कुएँ वाले मेढक ने कुएँ के इस ओर से उस ओर तक छलाँग मारकर पूछा, "फिर क्या वह इतना बड़ा है?" समुद्र वाले मेढक ने कहा, "नहीं, वह इससे भी बहुत बड़ा है।" तब कुएँ का मेढक बोला, "तेरी बात झूठ है। भला कुएँ से भी बड़ा कुछ हो सकता है?" क्षुद्र बुद्धि वाले भी इसी प्रकार का सोच रखते हैं कि उन्हीं का कहना ठीक है, दूसरों का गलत।

□

भक्ति, विश्वास तथा शरणागति

एक बार एक भक्त को एक धोबी पीट रहा था और भक्त 'नारायण-नारायण' करते हुए रो रहा था। नारायण उस समय बैकुंठ में लक्ष्मीजी के निकट विराजमान थे। वे झट उठकर उसे बचाने के लिए दौड़े, पर थोड़ी दूर जाकर ही वे लौट आए। यह देख लक्ष्मीजी ने पूछा, "इतनी जल्दी लौट आए?" नारायण ने कहा, "मुझे नहीं जाना पड़ा। वह स्वयं ही अपनी रक्षा कर रहा है। उसे जो मार रहा था, उस धोबी को अब यह भी मारने लगा है। तब मेरे जाने की क्या जरूरत?" ईश्वर पर संपूर्ण रूप से निर्भर होने पर ही वे रक्षा करते हैं, अन्यथा नहीं।

□

भावावस्था

एक बार गोपाल का कुछ समाचार न मिलने के कारण यशोदा माता राधिका के पास जाकर बोलीं, "बेटी, तू मेरे गोपाल की कोई खबर जानती है ?" राधा उस समय भावमग्न थीं, यशोदा की बात को वे न सुन सकीं। बाद में भावसमाधि के भंग होने पर अपने सामने नंदरानी यशोदा को बैठी देख उन्होंने उन्हें प्रणाम कर पूछा, "माँ, तुम यहाँ क्यों आई हो ?" यशोदा ने अपने आने का कारण बताया। सुनकर राधा बोलीं, "माँ, तुम नैन मूँदकर गोपाल के रूप का ध्यान करो। ऐसा करते ही तुम उन्हें देख पाओगी।" यशोदा के नैन मूँदते ही महाभावमयी राधिका ने उन्हें भाव में निमग्न कर दिया और तब यशोदा को भावावस्था में गोपाल के दर्शन हुए। तदनंतर यशोदा ने राधिका से वर माँगा, "बेटी, मुझे यही वर दो कि मैं नैन मूँदते ही गोपाल के दर्शन पाऊँ।"

□

किसे पुकारूँ?

एक बार राम वन में भ्रमण करते हुए पंपा सरोवर के किनारे आए और अपने वीर-धनुष को किनारे जमीन में गाड़कर पानी पीने के लिए सरोवर में उतरे। ऊपर आकर उन्होंने देखा कि उनके बाण से एक मेढक बिंधकर लहूलुहान पड़ा है। राम ने अत्यंत दु:खी हो उससे कहा, "तुमने आवाज क्यों नहीं की ? तुम चिल्लाते तो मैं जान जाता कि यहाँ तुम हो, तब तुम्हारी यह दशा न होती!" मेढक बोला, "राम, जब मैं संकट में पड़ जाता हूँ, तब 'हे राम, रक्षा करो' कहकर पुकारता हूँ। अबकी जब राम ही मार रहे हैं, तब और किसे पुकारूँ ?"

□

भक्ति-भाव

एक दिन किसी रईस आदमी का नौकर कपड़े में ढकी हुई कोई वस्तु हाथ में ले मालिक के दफ्तर के एक कोने में विनीत भाव से खड़ा था। मालिक ने उसे देखकर पूछा, "क्यों जी, तुम्हारे हाथ में क्या है?" अत्यंत संकोच के साथ नौकर ने कपड़े में से एक शरीफा निकालकर मालिक के सामने रखा; वह बोला तो कुछ नहीं, पर उसके चेहरे से यह भाव स्पष्ट रूप से प्रकट हो रहा था कि 'मालिक, अगर इसे ग्रहण करें तो मैं निहाल हो जाऊँ।' उसका भक्ति-भाव देख मालिक ने प्रेम के साथ उस फल को ग्रहण करते हुए कहा, "वाह, बहुत अच्छा शरीफा है! तुम कहाँ से ले आए?" भगवान् भी इसी तरह भक्त के हृदय का भाव देखा करते हैं। भक्ति-भाव से अर्पित की हुई सामान्य वस्तु भी वे बड़े प्रेम से स्वीकार करते हैं।

□

ईश्वर की इच्छा

एक आदमी एक पहाड़ के ऊपर कुटिया बनाकर रहता था। उसने बड़ी मेहनत से वह कुटिया बनाई थी। एक दिन बड़ी जोरों की आँधी उठी। कुटिया हिलने-डुलने लगी। तब उसे बचाने के लिए वह बड़ा चिंतित हो उठा। वह प्रार्थना करने लगा, "हे पवनदेव, मेरी कुटिया को न गिराओ बाबा!" परंतु पवनदेव ने नहीं सुना। कुटिया चरमराने लगी। तब उस आदमी को एक युक्ति सूझी, उसे याद आया कि हनुमानजी पवन के पुत्र हैं। वह बेचैन हो कहने लगा, "दुहाई है बाबा; यह हनुमानजी की कुटिया है; इसे मत तोड़ो।" कुटिया फिर भी चरमर करने लगी। कौन किसकी सुने? कई बार 'हनुमानजी की कुटिया', 'हनुमानजी की कुटिया' रटने के बाद भी जब कोई फायदा नहीं हुआ, तब वह कहने लगा, "बाबा, यह रामजी की कुटिया है; दुहाई है, इसे न तोड़ो।" परंतु इससे भी कुछ लाभ नहीं हुआ। कुटिया आखिर चरमराती हुई टूटने लगी। तब वह जान बचाने के लिए बाहर निकल आया। निकलते हुए वह बोला, "जाने दो, मेरे साले की कुटिया है!"

केशव के नाम को बनाए रखने की तुम्हें कोई जरूरत नहीं। जान लो, जो कुछ हुआ है, वह ईश्वर की इच्छा से ही हुआ है! उन्हीं की इच्छा से बना, अब फिर उन्हीं की इच्छा से मिट रहा है, तुम भला क्या कर सकते हो? तुम्हारा अब यही कर्तव्य है कि तुम संपूर्ण मन को ईश्वर में लगाओ, उसके प्रेमसागर में कूद पड़ो।

□

दीनता

एक आदमी किसी साधु के पास जाकर अत्यंत दीनभाव दिखाते हुए बोला, "महाराज, मैं बड़ा अक्षम हूँ, मैं आपकी क्या सेवा करूँ?" साधु ने उसके मनोभाव को समझते हुए कहा, "तुम ऐसी कोई वस्तु ले आओ, जो तुमसे भी हीन हो।"

उस आदमी ने सोचा, 'भला मुझसे हीन वस्तु और क्या हो सकती है? एकमात्र विष्ठा ही मुझसे हीन होगी।' ऐसा सोच वह मैदान में विष्ठा लाने के लिए गया। पर उसके निकट आते ही विष्ठा बोल उठी, "मुझे मत छुओ! मैं पहले देवताओं के भोग में चढ़ने वाली सुंदर मिठाई थी। पर एक बार तुम्हारे संपर्क में आते ही मेरी ऐसी दशा हो गई कि मेरे पास आते ही लोग नाक पर कपड़ा लगाकर दूर हट जाते हैं। अब तुम मुझे फिर छूने आए हो? तुम्हारे स्पर्श से न जाने मेरी और भी क्या दुर्दशा होगी? मुझे मत छुओ!" यह सुनते ही उस आदमी में यथार्थ में दीनता का भाव आ गया।

□

नाम-स्मरण

एक बार नारद के मन में अभिमान उत्पन्न हुआ, 'मेरे जैसा भक्त कोई नहीं।' भगवान् नारद का यह भाव जान गए। उन्होंने कहा, "नारद, अमुक स्थान पर मेरा एक भक्त रहता है, उससे मिल आओ।" नारद ने वहाँ जाकर एक किसान को देखा। वह किसान सुबह उठ केवल एक बार हरिनाम का उच्चारण कर हल लेकर खेत में चला गया। खेत में उसने दिन भर काम किया। फिर घर आकर रात को सोते समय वह और एक बार हरि का नाम लेकर सो गया। यह सब देखकर नारद ने मन-ही-मन कहा, 'वाह रे वाह! भगवान् इसी को भक्त कह रहे हैं! भक्त का लक्षण तो इसमें कुछ भी नहीं दिखाई देता!' फिर नारद ने भगवान् के पास जाकर अपना मनोभाव प्रकट किया।

तब भगवान् बोले, "नारद, तुम इस तेल से भरी कटोरी को हाथ में लेकर, गोलोकधाम का भ्रमण कर आओ, परंतु देखना, एक बूँद भी तेल न छलक पाए।" भगवान् के आदेशानुसार नारद हाथ में तेल का कटोरा लिये गोलोक-भ्रमण कर आए। तब भगवान् ने पूछा, "नारद, गोलोक-भ्रमण करते समय तुमने मेरा कितनी बार स्मरण किया?"

नारद बोले, "भगवन्, मैं एक बार भी आपका स्मरण नहीं कर सका। भला करता भी कैसे? आपने मुझे जो तेल की कटोरी दी थी, वह लबालब भरी हुई थी। उसमें से तेल छलक न पाए, इस भय से मुझे उसी ओर पूरी दृष्टि रखकर बहुत ही सँभल-सँभलकर चलना पड़ा।"

भगवान् ने कहा, "नारद, एक कटोरी तेल के भय से तुम्हारे जैसा भक्त मुझे भूल गया! फिर वह किसान कितना बड़ा भक्त होगा, जो सिर पर इस प्रचंड संसार का भार ढोते हुए भी दिन में कम-से-कम दो बार तो मेरा स्मरण करता है!"

□

सरल विश्वास

किसी समय एक स्थान पर दो योगी भगवत्प्राप्ति के लिए साधना कर रहे थे। एक दिन देवर्षि नारद उस ओर से गुजरे। उन योगियों में से एक ने नारद से पूछा, "क्या आप स्वर्ग से आ रहे हैं?" नारद बोले, "हाँ।" योगी ने कहा, "अच्छा, बताइए तो भला, भगवान् इस समय स्वर्ग में क्या कर रहे हैं?" नारद बोले, 'मैंने आते समय देखा कि भगवान् सुई के छेद में से ऊँट और हाथियों को पार करा रहे हैं।" सुनकर योगी ने कहा, "इसमें कोई अचरज नहीं। भगवान् के लिए कुछ भी असंभव नहीं!" किंतु दूसरा योगी बोल उठा, "यह असंभव है। तुम अभी स्वर्ग में नहीं गए!"

पहला योगी भक्त था। उसमें शिशु की तरह सरल विश्वास था। वह जानता था कि भगवान् के लिए कुछ भी असंभव नहीं; भगवान् का स्वरूप कोई नहीं जानता। □

ईश्वर पर विश्वास

एक बार किसी का लड़का इतना बीमार पड़ा कि उसके बचने की कोई आशा नहीं रही। जब उसके प्राण अब-तब हो रहे थे, उस समय किसी ने बताया, "एक उपाय है। यदि स्वाति नक्षत्र की वर्षा का जल किसी मुरदे की खोपड़ी में गिरे और यदि उस जल को पीने कोई मेढक आए और कोई विषैला साँप उस मेढक को पकड़ने आए, पर मेढक उछलकर भाग जाए और साँप का विष उस खोपड़ी के जल में गिर पड़े तो रोगी को वह विषैला जल थोड़ा सा पिलाने पर वह बच सकता है।" उस आदमी ने पंचांग देखा। उसी दिन स्वाति नक्षत्र लगा था। तब वह भगवान् से प्रार्थना करते हुए दवा की खोज में निकला। उसी समय बारिश भी शुरू हो गई। तब वह व्याकुल हो कहने लगा, "हे भगवन्, अब मुर्दे की खोपड़ी भी कहीं दिला दो।" खोजते हुए उसे एक स्थान पर मुर्दे की खोपड़ी पड़ी मिली। उसमें स्वाति का पानी भी पड़ा हुआ था। तब वह प्रार्थना करते हुए कहने लगा, "भगवन् दया करो, अब बाकी चीजें भी जुटा दो।" उसकी व्याकुलता जैसे-जैसे प्रबल होती गई, वैसे-वैसे सामान भी जुटते जाने लगे। देखते-ही-देखते एक मेढक और उसका पीछा करते हुए एक साँप उस ओर आ गए। खोपड़ी के पास आते ही साँप उसे काटने गया, पर मेढक उछलकर पार कर गया और साँप का विष उस खोपड़ी के जल में गिर गया। तब वह आदमी मारे खुशी के ईश्वर की जय-जयकार करते हुए उसे ले आया। ईश्वर पर विश्वास रखकर व्याकुलता से प्रार्थना करने पर वे अवश्य सुनते हैं। उनकी कृपा से सब संभव हो जाता है।

□

दृढ़ विश्वास

साधना अत्यंत आवश्यक है; परंतु यदि ठीक-ठीक विश्वास हो तो फिर अधिक श्रम नहीं करना पड़ता। व्यासदेव यमुना पार करने वाले थे कि इतने में वहाँ कुछ गोपियाँ आ पहुँचीं। उन्हें भी यमुना के उस पार जाना था, किंतु कहीं कोई नाव नहीं दिखाई देती थी। व्यासदेव को देखकर गोपियों ने कहा, "महाराज, अब क्या किया जाए?" व्यासदेव बोले, "ठीक है, मैं तुम्हें पार करा देता हूँ, पर मुझे बड़ी भूख लगी है। तुम्हारे पास कुछ है?" गोपियों के पास दूध, दही, मक्खन आदि बहुत था। व्यासदेव के आगे रखते ही वे वह सबकुछ खा गए। तब गोपियों ने पूछा, "महाराज, पार जाने का क्या हुआ?" तब व्यासदेव यमुना के निकट जा खड़े हुए और बोले, "हे यमुने, यदि मैंने आज कुछ न खाया हो तो जल दो भागों में बँट जाए और बीच के मार्ग से हम लोग पार हो जाएँ।" व्यासदेव ने ऐसा कहते ही यमुना का जल दो भागों में विभक्त हो गया और बीच में से रास्ता बन गया। गोपियाँ आश्चर्यचकित हो सोचने लगीं, 'अभी तो इन्होंने इतना खाया, और फिर भी कहते हैं कि यदि मैंने आज कुछ न खाया हो...।' किंतु यह उनका दृढ़ विश्वास था कि 'मैंने नहीं खाया, हृदय में जो नारायण हैं, उन्होंने खाया है।'

□

भोग

किसी ब्राह्मण के यहाँ ठाकुरजी की नित्य सेवा होती थी। एक दिन किसी काम से ब्राह्मण को कहीं दूर जाना पड़ा। जाते समय वह अपने छोटे बालक से कह गया, "देख, आज के दिन ठाकुरजी को तू ही भोग लगा देना, उन्हें ठीक से भोजन करा देना।" ठीक समय पर बालक ने ठाकुरजी को भोग लगाया और शांत बैठकर देखने लगा। पर ठाकुरजी तो जैसे-के-वैसे ही रहे। उन्होंने न बातचीत की, न ही कुछ खाया। बालक को पूरा विश्वास था कि ठाकुरजी सामने रखे आसन पर बैठकर वास्तव में भोजन करेंगे। उसके बड़ी देर तक बैठे रहने के बाद भी जब ठाकुरजी नहीं उठे तो वह बार-बार विनती करने लगा, "ठाकुरजी, बाबूजी मुझसे तुम्हें भोजन कराने के लिए कह गए हैं। तुम क्यों नहीं आते, मेरे हाथ से तुम क्यों नहीं खाते? वह इस तरह कहते हुए व्याकुल होकर रोने लगा। उसका रुदन देख, ठाकुरजी मुसकराते हुए आसन पर आ विराजे और भोजन करने लगे। ठाकुरजी को खिला-पिलाकर जब वह पूजागृह से बाहर निकला तो घरवालों ने कहा, "भोग तो चढ़ चुका, अब वह सब प्रसाद बाहर ले आ।" बालक बोला, "हाँ, भोग लग चुका। ठाकुरजी सब जीम गए।" घरवालों ने आश्चर्यचकित होकर कहा, "क्या कहता है?" बालक सरल भाव से बोला, "क्यों, ठाकुरजी ने सबकुछ खा लिया है।" तब सबने पूजाघर में जाकर देखा कि बालक का कहना सही था। सब अचरज के मारे दंग रह गए! सरल विश्वास और व्याकुलता में इतनी सामर्थ्य है।

बालक जैसा विश्वास चाहिए! बालक माँ को देखने के लिए जिस प्रकार व्याकुल होता है, उस प्रकार की व्याकुलता चाहिए। यह होने से ईश्वर-दर्शन अवश्य होंगे।

□

व्याकुलता

जटिल नाम का एक बालक था। वह रोज वन में से होकर पाठशाला को जाया करता था। वन में से अकेले जाते हुए उसे डर लगता। एक दिन उसने अपनी माँ को यह बात बताई। माँ बोली, "डर किस बात का, बेटा? तू मधुसूदन को पुकारा करना!" बालक ने पूछा, "मधुसूदन कौन हैं, माँ?" माँ ने उत्तर दिया, "मधुसूदन तेरे भैया लगते हैं।" उसके बाद अकेले जाते हुए जैसे ही उसे डर लगा कि वह पुकारने लगा, "भैया मधुसूदन!" पर कहीं कोई नहीं दिखाई दिया। तब वह जोर-जोर से पुकारते हुए रोने लगा, "भैया मधुसूदन! तुम कहाँ हो? तुम आओ, मुझे बड़ा डर लग रहा है।" बालक की व्याकुलता देख मधुसूदन न रह सके। वे झट उसके सामने प्रकट होकर बोले, "ले, मैं आ गया। तू डरता क्यों है?" यह कह मधुसूदन ने उसे पाठशाला के निकट पहुँचा दिया और कहा, "तू जब कभी मुझे पुकारेगा, मैं उसी समय आ जाऊँगा। मुझे कोई डर नहीं।" यही बालक का विश्वास है! यही उसकी व्याकुलता है!

□

समर्पण

एक ग्वालिन एक ब्राह्मण पंडित के यहाँ दूध पहुँचाया करती थी। ग्वालिन का घर नदी के उस पार था; समय पर नाव न मिलने के कारण उसे दूध लाने में देर हो जाया करती थी। एक दिन देरी के कारण पंडितजी ने उसे खूब फटकारा। ग्वालिन बोली, "क्या करूँ, महाराज? मैं तो घर से जल्दी ही निकलती हूँ, पर मल्लाह के लिए मुझे बहुत देर तक बैठे रहना पड़ता है।" पंडितजी बोले, "अरी! रामनाम लेकर लोग भवसागर पार हो जाते हैं और तू एक छोटी सी नदी को पार नहीं कर पाती?"

ग्वालिन बेचारी भोली-भाली थी। पंडितजी की बात सुन वह बड़ी प्रसन्न हुई। दूसरे दिन से वह नाव के लिए राह न देख, विश्वास के साथ रामनाम लेते हुए पैरों से चलकर नदी पार कर आने लगी। एक दिन ब्राह्मण ने उससे पूछा, "क्या बात है? आजकल तो तुझे देर नहीं होती?" ग्वालिन बोली, "महाराज, तुम्हारी बात सुनकर मैं अब नाव के लिए नहीं ठहरती, रामनाम लेते हुए पैदल ही नदी पार कर आती हूँ।" पंडितजी को इस बात पर विश्वास ही नहीं हुआ। उन्होंने उससे कहा, "तू मुझे चलकर नदी पार कर दिखा सकती है?" ग्वालिन पंडितजी को साथ ले गई और नदी में उतरकर रामनाम लेते हुए चलने लगी। पंडितजी भी घबराते हुए पानी में उतरे और धोती को सँभालते हुए बड़ी मुश्किल से एक-दो पग आगे बढ़े। मुसीबत में पड़े हुए थे। तब वह बोली, "वाह महाराज! तुम मुँह से रामनाम भी लोगे और हाथों से धोती भी सँभालोगे, यह कैसे चलेगा? भगवान् पर पूरे विश्वास के साथ समर्पण करो, तभी काम बनेगा।"

□

बंधन

मानव में स्वाधीन इच्छा है या नहीं, इस विषय पर बहुत देर तक वाद-विवाद करने के पश्चात् श्रीरामकृष्ण के दो बाल-शिष्य यथार्थ समाधान पाने के लिए श्रीरामकृष्ण के समक्ष उपस्थित हुए। बालकों का विवाद कुछ देर तक सुनने के बाद श्रीरामकृष्ण ने कहा, "भला स्वाधीन इच्छा भी किसी में विद्यमान है! ईश्वर की ही इच्छा से सदा सबकुछ होता रहा है और होता रहेगा। मनुष्य इस बात को अंत में समझ पाता है। फिर भी यह बात सत्य है कि यदि किसी गाय को एक लंबी रस्सी द्वारा खूँटे से बाँधकर रखा जाए तो वह गाय चाहे तो खूँटे से एक हाथ दूरी पर खड़ी हो सकती है और चाहे तो रस्सी जितनी लंबी है, उतनी दूर तक जाकर भी खड़ी हो सकती है; मनुष्य की स्वाधीन इच्छा भी इसी प्रकार की है। वह गाय उतनी सीमा के भीतर चाहे जहाँ बैठे, खड़ी हो या घूमती रहे, इसी विचार से मनुष्य को कुछ शक्ति प्रदान कर, उसे उस शक्ति का चाहे जैसा एवं चाहे जितना उपयोग करने की स्वतंत्रता देकर छोड़ दिया है। इसीलिए मनुष्य समझता है कि वह स्वाधीन है। पर रस्सी खूँटे से बँधी हुई है। फिर भी एक बात है, कातर होकर उनसे प्रार्थना करने पर वे रस्सी को ढीला कर बाँध सकते हैं, उसे और भी लंबा कर दे सकते हैं और चाहें तो गले के बंधन को एकदम खोल भी दे सकते हैं।"

सुनकर शिष्यों ने पूछा, "तब तो साधन-भजन करने में मनुष्य का हाथ नहीं है! सभी ऐसा कह सकते हैं, 'मैं जो कुछ कर रहा हूँ, सब ईश्वर की इच्छा से कर रहा हूँ!'"

श्रीरामकृष्ण बोले, "पर वैसा केवल मुँह से कहने से क्या होगा? काँटे पर हाथ पड़ते ही तो 'उफ' कर उठना पड़ता है। साधन-भजन करना यदि मनुष्य के हाथ में होता तो सभी लोग साधन-भजन कर पाते; पर यह क्यों नहीं हो पाता? फिर भी, यह सच है कि ईश्वर ने मनुष्य को जितनी शक्ति दी है, उसका पूरी तरह

से सदुपयोग किए बिना वे अधिक शक्ति नहीं देते। इसीलिए पुरुषार्थ या उद्यम आवश्यक है। ईश्वर की कृपा का अधिकारी बनने के लिए सभी को कुछ-न-कुछ उद्यम करना पड़ता है। ऐसा करने पर उनकी कृपा से दस जन्म का भोग एक ही जन्म में कट जाता है। किंतु उनके ऊपर निर्भर होकर कुछ-न-कुछ उद्यम करना ही पड़ता है। एक कथा सुनो—

"गोलोकविहारी भगवान् विष्णु ने एक बार किसी कारण से नारद को शाप दिया कि तुम्हें नरक भोगना पड़ेगा। सुनकर नारद बड़े चिंतित हुए। उन्होंने नाना प्रकर से स्तव-स्तुति के द्वारा भगवान् को प्रसन्न करते हुए पूछा, 'भगवन्, नरक कहाँ है, कैसा है, उसके कितने प्रकार हैं, मुझे यह जानने की इच्छा हो रही है; आप कृपा कर मुझे यह बताएँ।' तब भगवान् विष्णु भूमि पर खड़िया के द्वारा स्वर्ग, नरक और पृथ्वी का चित्र खींचकर नारद को दिखाते हुए बोले, 'यह स्वर्ग है और यह नरक।' सुनते ही नारद ने 'अच्छा! तब तो यह मेरा नरक भोग हो चुका' कहकर चित्र में अंकित नरक के स्थान पर लोटकर उठते हुए भगवान् को प्रणाम किया। विष्णु ने हँसते हुए कहा, 'यह क्या? तुम्हारा नरक भोग कहाँ हुआ?' नारद बोले, 'क्यों भगवन्! स्वर्ग और नरक तो आपका ही सृजन है! जब आपने चित्र बनाकर दिखाते हुए कहा कि यह नरक है, तब वह स्थान वास्तव में ही नरक बना और मेरे उस स्थान पर लोटने के कारण मेरा वास्तव में नरक भोग ही हुआ।' नारद ने यह बात आंतरिक विश्वास के साथ कही थी। इसलिए विष्णु ने भी 'तथास्तु' कहा। परंतु नारद को भगवान् पर पूरा विश्वास रखकर उस चित्र के नरक पर लोटना तो पड़ा ही, तभी (उतना उद्यम करने के बाद ही) उनका भोग कट सका।"

□

अहंकार चूर्ण

एक बार अर्जुन के मन में बड़ा गर्व उत्पन्न हुआ कि 'मैं भगवान् का सबसे बड़ा भक्त हूँ।' अंतर्यामी भगवान् श्रीकृष्ण उसके गर्व को चूर्ण करने के लिए उसे एक दिन अपने साथ लेकर घूमने गए। जाते-जाते एक स्थान पर उन्होंने एक ब्राह्मण को देखा। वह सूखी घास खा रहा था, पर उसकी कमर में एक तेज तलवार लटक रही थी। अर्जुन तुरंत समझ गया कि ब्राह्मण परम वैष्णव है, अहिंसा पालन करना ही उसका धर्म है, यहाँ तक कि वह हरी घास तक को जीवनयुक्त समझकर नहीं खाता, केवल सूखी घास खाकर पेट भरता है। परंतु भला ऐसे परम वैष्णव की कमर में तलवार क्यों? इस विसंगति को समझ न पाकर अर्जुन ने कृष्ण से पूछा, "यह कैसी विचित्र बात है? इसमें एक ओर परम अहिंसा का भाव दिखाई दे रहा है और दूसरी ओर घोर हिंसा का प्रतीक! इसका कारण क्या है? मेरी तो समझ में कुछ नहीं आता।" श्रीकृष्ण ने कहा, "तुम उसी से पूछो न!" तब अर्जुन ने ब्राह्मण के निकट जाकर पूछा, "महाराज, तुम तो जीव हिंसा नहीं करते, सूखी घास खाया करते हो, फिर तुम्हारे पास यह तलवार क्यों?" ब्राह्मण बोला, "यह तलवार मैंने चार जन को काटने के लिए रखी है।"

अर्जुन : किस-किसको?

ब्राह्मण : पहले उस दुष्ट नारद को!

अर्जुन : क्यों?

ब्राह्मण : दुष्ट की इतनी मजाल कि वह क्या दिन, क्या रात, जब चाहे, तब मेरे भगवान् को गाते-बजाते हुए जगा देता है!

अर्जुन : दूसरा कौन?

ब्राह्मण : वह दुष्ट प्रह्लाद है, पाजी ने भगवान् की नवनीत जैसी कोमल देह को कठिन स्फटिक स्तंभ के भीतर से निकाला!

अर्जुन : तीसरा कौन?

ब्राह्मण : वह दुष्ट द्रौपदी है।

अर्जुन : उसने क्या किया?

ब्राह्मण : पापिन की इतनी हिम्मत कि जिस समय भगवान् भोजन करने बैठे थे, उसी समय उन्हें बुलाकर भोजन नहीं करने दिया; और ऊपर से उन्हें अपना जूठा खिलाया!

अर्जुन : और चौथा किसे काटना है?

ब्राह्मण : अर्जुन को।

अर्जुन : क्यों?

ब्राह्मण : उसका इतना दुस्साहस कि मेरे भगवान् को अपना सारथी बनाया!

ब्राह्मण के भक्तिभाव की गहराई को देख अर्जुन स्तंभित और मुग्ध हो गया। उसका अहंकार चूर्ण हो गया।

□

रामजी की इच्छा

किसी गाँव में एक जुलाहा रहता था। वह बड़ा धार्मिक था। उसकी धार्मिकता के लिए सभी उस पर विश्वास करते थे तथा उससे प्रेम रखते थे। जुलाहा हाट में जाकर कपड़े बेचा करता था। खरीददार द्वारा कपड़े की कीमत पूछे जाने पर वह कहता, "रामजी की इच्छा से सूत का दाम एक रुपया है, रामजी की इच्छा से मेहनत के चार आने लगे, रामजी की इच्छा से मुनाफा दो आना लगाया गया, सो रामजी की इच्छा से कपड़े का दाम हुआ एक रुपया छह आना।" उसकी बात पर विश्वास कर लोग झट मुँहमाँगा दाम देकर कपड़ा ले जाते। जुलाहा बड़ा भक्त था। भोजन के बाद वह गहरी रात तक बरामदे में बैठा हुआ, ईश्वर का चिंतन, उनका नाम गुणगान किया करता।

एक दिन उसे बड़ी रात तक नींद नहीं आई। वह बैठे-बैठे बीच-बीच में तंबाकू पी रहा था। उसी समय रास्ते से डकैतों का एक दल कहीं डकैती करने जा रहा था। उन्हें सामान ढोने के लिए एक कुली की जरूरत थी। वे उस जुलाहे को देखते ही अपने साथ खींच ले गए। फिर उन्होंने एक मकान में डाका डाला और सब माल जुलाहे के सिर पर लादकर चलने लगे। पर इतने में पुलिस आ पहुँची। पुलिस को देख, डाकू तो भाग निकले, पर बेचारा जुलाहा सिर पर माल लादे हुए पकड़ा गया। उसे थाने में ले जाया गया। दूसरे दिन हाकिम के सामने न्याय होने वाला था। यह खबर सुनते ही गाँववाले थाने में जा पहुँचे और हाकिम से कहने लगे, "हुजूर, यह बड़ा धर्मात्मा है, यह डकैती हरगिज नहीं कर सकता।" तब हाकिम ने उसे सारी घटना विस्तृत रूप से कह सुनाने के लिए कहा। जुलाहा बोला, "हुजूर! रामजी की इच्छा से मैंने रात को रोटी खाई। फिर रामजी की इच्छा से बरामदे में बैठकर भगवान् का नाम लेने लगा। रामजी की इच्छा से बहुत रात को गई। ऐसे समय, रामजी की इच्छा से रास्ते से डाकुओं की एक टोली जा रही थी। रामजी की

इच्छा, वे मेरा हाथ पकड़कर खींच ले गए। फिर रामजी की इच्छा से उन्होंने एक जन के मकान में डाका डाला। रामजी की इच्छा से उन्होंने मेरे सिर पर सब माल लाद दिया। इतने में रामजी की इच्छा से पुलिस आ पहुँची। रामजी की इच्छा से सब डाकू भाग गए। रामजी की इच्छा से मैं पकड़ा गया। रामजी की इच्छा से कल रात भर मैं थाने में बंद रहा और आज सवेरे रामजी की इच्छा से मुझे हुजूर के सामने लाया गया।" उस जुलाहे की सरलता और धर्मभाव को देख हाकिम ने उसे छोड़ दिया। जुलाहा घर लौटते हुए रात में अपने पहचान वालों से कहने लगा, "रामजी की इच्छा से मुझे छोड़ दिया गया।"

संसार में रहना, संन्यास ग्रहण करना, सभी राम की इच्छा है। इसलिए उन्हीं पर सब भार डालकर संसार का कामकाज करो।

एक रात को कोई चोर राजमहल में चोरी करने घुसा। उसे सुनाई दिया कि राजा रानी से कह रहा है, "कल सवेरे गंगाजी के किनारे जो साधु ठहरे हुए हैं, उनमें से एक जन के साथ राजकन्या का विवाह रचाएँगे।" सुनते ही चोर ने सोचा, 'मैं भी क्यों न गंगा किनारे साधु बनकर बैठा रहूँ! यदि भाग्य जाग जाए तो राजकुमारी के साथ विवाह हो जाएगा।' उसने वैसा ही किया। दूसरे दिन सवेरे राजा के कर्मचारी उस स्थान पर आकर एक-एक कर सब साधुओं को राजकन्या के साथ विवाह करने के लिए विनती करने लगे, पर कोई साधु राजी न हुआ। अंत में, राजकर्मचारियों ने उस साधुवेशधारी चोर को आमंत्रण दिया। पर चोर उस समय अपना मनोभाव प्रकट न कर थोड़ा चुप्पी साधे रहा। राजा के कर्मचारियों ने आकर राजा से कहा, "एक युवक साधु है, वह शायद राजी हो सकता है, परंतु और कोई साधु तैयार नहीं हैं।" तब राजा स्वयं उस साधुवेशधारी चोर के निकट आया तथा नाना प्रकार से उसकी आरजू-मिन्नत करने लगा। परंतु राजा को सामने देखते ही उस चोर के मन में परिवर्तन हो गया। वह सोचने लगा, 'मैंने केवल साधु का वेश चढ़ाया है, इतने से ही राजा खुद आकर मेरी इतनी खुशामद कर रहा है, तब तो न जाने वास्तव में साधु बनने पर मुझे और न जाने क्या-क्या मिलेगा!' इस विचार के परिणामस्वरूप उसने विवाह के प्रस्ताव को नकार दिया और वह वास्तव में यथार्थ साधु बनने के लिए प्रयत्न करने लगा। फिर उसने कभी विवाह नहीं किया और वह एक अच्छा साधु बन गया। तनिक देर के लिए साधु का वेश पहनकर साधुओं के बीच बैठते ही चोर का मत इतना बदल गया! सत्संग की महिमा का बखान नहीं किया जा सकता।

□

जीवन का उद्देश्य

तुम रात को आकाश में कितने तारे देखते हो, परंतु सूरज उगने के बाद उन्हें देख नहीं पाते; किंतु इस कारण क्या तुम यह कह सकोगे कि दिन में आकाश में तारे नहीं होते! हे मानव, अज्ञान अवस्था में तुम्हें ईश्वर के दर्शन नहीं होते, इसलिए ऐसा न कहो कि ईश्वर हैं ही नहीं। इस दुर्लभ मनुष्य-जन्म को पाकर जो इसी जीवन में ईश्वर-लाभ के लिए चेष्टा नहीं करता, उसका जन्म लेना ही व्यर्थ है।

जैसी जिसकी भावना होगी, वैसा ही उसे लाभ होगा। भगवान् मानो कल्पवृक्ष हैं। उनसे जो जो माँगता है, उसे वही प्राप्त होता है। गरीब का लड़का पढ़-लिखकर तथा कड़ी मेहनत कर हाईकोर्ट का जज बन जाता है और मन-ही-मन सोचता है, अब मैं मजे में हूँ। मैं उन्नति के सर्वोच्च शिखर पर आ पहुँचा हूँ। अब मुझे बहुत आनंद है। भगवान् भी तब कहते हैं, "तुम मजे में ही रहो।" किंतु जब वह हाईकोर्ट का जज सेवानिवृत्त होकर पेंशन लेते हुए अपने विगत जीवन की ओर देखता है तो उसे लगता है कि उसने अपना सारा जीवन व्यर्थ ही गुजार दिया। तब वह कहता है, "हाय, इस जीवन में मैंने कौन सा उल्लेखनीय काम किया?" भगवान् भी तब कहते हैं, "ठीक ही तो है, तुमने किया ही क्या?"

संसार में मनुष्य दो तरह की प्रवृत्तियाँ लेकर जनमता है—विद्या और अविद्या। विद्या मुक्तिपथ पर ले जाने वाली प्रवृत्ति है और अविद्या संसार बंधन में डालनेवाली। मनुष्य के जन्म के समय ये दोनों प्रवृत्तियाँ, मानो खाली तराजू के पल्लों की तरह समतोल स्थिति में रहती हैं। परंतु शीघ्र ही मानो मनरूपी तराजू के एक पल्ले में संसार के भोग-सुखों का आकर्षण तथा दूसरे में भगवान् का आकर्षण स्थापित हो जाता है। यदि मन में संसार का आकर्षण अधिक हो तो अविद्या का पल्ला भारी होकर झुक जाता है और मनुष्य संसार में डूब जाता है, परंतु यदि मन में भगवान् के

प्रति अधिक आकर्षण हो तो विद्या का पल्ला भारी हो जाता है और मनुष्य भगवान् की ओर खिंचता चला जाता है।

उस 'एक' ईश्वर को जानो; उसे जानने से तुम सभी कुछ जानोगे। 'एक' के बाद शून्य लगाते हुए सैकड़ों और हजारों की संख्या प्राप्त होती है, परंतु 'एक' को मिटा डालने पर शून्यों का कोई मूल्य नहीं होता। 'एक' ही के कारण शून्यों का मूल्य है। पहले 'एक', बाद में 'बहु'। पहले ईश्वर, फिर जीव-जगत्।

पहले ईश्वर-लाभ करो, फिर धन कमाना; इसके विपरीत पहले धन-लाभ करने की कोशिश मत करो। यदि तुम भगवत्प्राप्ति कर लेने के बाद संसार में प्रवेश करो तो तुम्हारे मन की शांति कभी नष्ट नहीं होगी।

तुम समाज-सुधार करना चाहते हो? ठीक है, यह तुम भगवत्प्राप्ति करने के बाद भी कर सकोगे। स्मरण रखो कि भगवान् को प्राप्त करने के लिए प्राचीनकाल के ऋषियों ने संसार को त्याग दिया था। भगवत्प्राप्ति ही सबसे अधिक आवश्यक वस्तु है। यदि तुम चाहो तो तुम्हें अन्य सभी वस्तुएँ मिल जाएँगी। पहले भगवत्प्राप्ति कर लो, फिर भाषण, समाज-सुधार आदि की सोचना।

मुसाफिर को नए शहर में पहुँचकर पहले रात बिताने के लिए किसी सुरक्षित डेरे का बंदोबस्त कर लेना चाहिए। डेरे में अपना सामान रखकर वह निश्चिंत होकर शहर देखते हुए घूम सकता है। परंतु यदि रहने का बंदोबस्त न हो तो रात के समय अँधेरे में विश्राम के लिए जगह खोजने में उसे बहुत तकलीफ उठानी पड़ती है। उसी प्रकार, इस संसाररूपी विदेश में आकर मनुष्य को पहले ईश्वररूपी चिर-विश्रामधाम प्राप्त कर लेना चाहिए, फिर वह निर्भय होकर अपने-अपने नित्य कर्तव्यों को करते हुए संसार में भ्रमण कर सकता है। किंतु यदि ऐसा न हो तो जब मृत्यु की घोर अंधकारपूर्ण भयंकर रात्रि आएगी, तब उसे अत्यंत क्लेश और दुःख भोगना पड़ेगा।

बड़े-बड़े गोदामों में चूहों को पकड़ने के लिए दरवाजे के पास चूहेदानी रखकर उसमें लाही-मुरमुरे रख दिए जाते हैं। उसकी सोंधी-सोंधी महक से आकृष्ट हो चूहे गोदाम में रखे हुए कीमती चावल का स्वाद चखने की बात भूल जाते हैं और लाही खाने के लिए जाते हुए चूहेदानी में फँसकर मारे जाते हैं। जीव का भी ठीक यही हाल है। कोटि-कोटि विषयसुखों के घनीभूत समष्टिस्वरूप ब्रह्मानंद के द्वारदेश पर अवस्थित होते हुए भी जीव उस आनंद को प्राप्त करने के लिए प्रयत्न न कर, संसार के क्षुद्र विषयसुखों में लुब्ध हो माया के फंदे में फँसकर मारा जाता है।

एक पंडित ने पूछा, "थिओसॉफी वाले कहते हैं कि 'महात्माओं' का अस्तित्व है। सूर्यलोक, चंद्रलोक, नक्षत्रलोक, देवयान आदि विभिन्न लोक और स्तर सत्य हैं और मनुष्य का सूक्ष्म शरीर इन सब स्थानों में जा सकता है। वे लोग इस तरह की अनेक बातें बताते हैं। अच्छा महाराज, थिओसॉफी के बारे में आपका क्या मत है ?"

श्रीरामकृष्ण ने कहा, "भक्ति की एकमात्र सार वस्तु है—ईश्वर के प्रति भक्ति। क्या वे लोग भक्ति के लिए प्रयत्न करते हैं ? अगर ऐसा हो तो ठीक है। अगर उनका उद्देश्य ईश्वर का साक्षात्कार करना हो तो अच्छा है। लेकिन याद रखो कि सूर्यलोक, चंद्रलोक, नक्षत्रलोक आदि तुच्छ विषयों में डूबे रहना, ईश्वर की खोज का सही रास्ता नहीं है। उनके चरणकमलों में भक्ति होने के लिए साधना करनी पड़ती है, अत्यंत व्याकुल हृदय से रोते हुए उन्हें पुकारना पड़ता है। चाहे वेद कहो, चाहे वेदांत कहो, चाहे और कहो शास्त्र; ईश्वर किसी में नहीं हैं। उनके लिए प्राणों के व्याकुल हुए बिना कहीं कुछ नहीं होगा। खूब भक्ति के साथ व्याकुल होकर उनकी प्रार्थना करनी चाहिए, साधना करनी चाहिए। ईश्वर-लाभ इतना आसान नहीं है, उसके लिए खूब साधना चाहिए।"

क्या सभी लोग भगवान् के दर्शन पा सकेंगे ? किसी को भी दिन भर भूखा नहीं रहना पड़ता। किसी को सवेरे नौ बजे, किसी को दोपहर के दो बजे तो किसी को शाम के वक्त भोजन मिल जाता है। उसी प्रकार, जन्म-जन्मांतर में किसी-न-किसी समय, इसी जन्म में या अनेक जन्मों के बाद, सभी को भगवान् के दर्शन प्राप्त होंगे।

छोटा बच्चा घर में अकेले ही बैठे-बैठे, खिलौने लेकर मनमाने खेल खेलता रहता है, उसके मन में कोई भय या चिंता नहीं होती। किंतु जैसे ही उसकी माँ वहाँ आ जाती है, वैसे ही वह सारे खिलौने छोड़कर 'माँ, माँ' कहते हुए उसकी ओर दौड़ जाता है। तुम लोग भी इस समय धन-मान-यश के खिलौने लेकर संसार में निश्चिंत होकर सुख से खेल रहे हो, कोई भय या चिंता नहीं है। पर यदि तुम एक बार भी उस आनंदमयी माँ को देख पाओ तो फिर तुम्हें धन-मान-यश नहीं भाएँगे, तब तुम सब फेंककर उन्हीं की ओर दौड़ जाओगे।

रत्नाकर (समुद्र) में अनेक रत्न हैं, पर उन्हें पाने के तुम्हें कठिन परिश्रम करना होगा। यदि एक ही डुबकी में तुम्हें रत्न न मिलें तो समुद्र को रत्न से रहित मत समझ बैठो। बार-बार डुबकी लगाओ, डुबकी लगाते-लगाते अंत में तुम्हें रत्न जरूर मिलेंगे। उसी प्रकार भगवत्प्राप्ति के पथ में यदि तुम्हारे शुरू-शुरू के प्रयत्न

असफल सिद्ध हों, यदि थोड़ी साधना कर तुम्हें ईश्वर के दर्शन न हों, तो हताश न होओ, धीरज के साथ साधना करते रहो। अंत में, ठीक समय पर तुम्हें उनके दर्शन अवश्य होंगे।

चैतन्यस्वरूप, आनंदस्वरूप ईश्वर का ध्यान करो, तुम्हें आनंद प्राप्त होगा। यह आनंद वास्तव में नित्य ही विद्यमान है, किंतु अज्ञान द्वारा आच्छन्न होकर वह मानो लुप्त हो गया है। इंद्रिय-भोग्य विषयों के प्रति तुम्हारा आकर्षण जितना कम होगा, ईश्वर के प्रति तुम्हारा अनुराग उतना ही अधिक बढ़ेगा।

केवल धन-संग्रह कर कोई धनी नहीं होता। ठीक-ठीक धनी का लक्षण यह है कि उसके घर में हरेक कमरे में दीया जलता है। गरीब आदमी इतना तेल खर्च नहीं कर पाता, इसलिए वह इतने दीयों का प्रबंध नहीं कर सकता है। देह-मंदिर को भी अँधेरे में नहीं रखना चाहिए, उसमें ज्ञान का दीप जलाना चाहिए। "ज्ञान-प्रदीप जला निज घर में, ब्रह्ममयी का मुख देखो न!" हरेक व्यक्ति ज्ञान-लाभ कर सकता है। हरेक जीवात्मा का परमात्मा के साथ संयोग है। हरेक घर में गैस की नली होती है, जिसके द्वारा गैस कंपनी से गैस आ सकती है। बस, योग्य अधिकारी को अर्जी भेजो, गैस भिजवाने का प्रबंध हो जाएगा और तुम्हारे घर में गैसबत्ती जलने लग जाएगी।

□

जीव का सच्चा स्वरूप

संख्या 'एक' के बाद शून्य लगाते हुए, चाहे जितनी बड़ी संख्या पाई जाती है; पर यदि उस 'एक' को मिटा दिया जाए तो शून्यों का कोई मूल्य नहीं होता। उसी प्रकार, जब तक जीव उस एक स्वरूप ईश्वर के साथ युक्त नहीं होता, तब तक उसकी कोई कीमत नहीं होती; कारण, जगत् में सभी वस्तुओं को ईश्वर के साथ संबंध होने पर ही मूल्य प्राप्त होता है। जब तक जीव-जगत् के पीछे अवस्थित उस मूल्य प्रदान करने वाले ईश्वर के साथ संयुक्त रहकर उन्हीं के लिए कार्य करता है, तब तक उसे अधिकाधिक श्रेय प्राप्त होता रहता है; लेकिन इसके विपरीत जब वह ईश्वर की उपेक्षा करते हुए अपने स्वयं के गौरव के लिए बड़े-बड़े कार्य सिद्ध करने में भिड़ जाता है, तब उसे कोई लाभ नहीं मिलता।

जिस प्रकार तेल न हो तो दीप नहीं जल सकता, उसी प्रकार ईश्वर न हो तो मनुष्य जी नहीं सकता।

ईश्वर और जीव का बहुत ही निकट का संबंध है, जैसे लोहे और चुंबक का। किंतु ईश्वर जीव को आकर्षित क्यों नहीं करता? जैसे लोहे पर बहुत अधिक कीचड़ लिपटा हो, तो वह चुंबक द्वारा आकर्षित नहीं होता, वैसे ही जीव मायारूपी कीचड़ में अत्यधिक लिपटा हो तो उस पर ईश्वर के आकर्षण का असर नहीं होता। फिर जिस प्रकार कीचड़ को जल से धो डालने पर लोहा चुंबक की ओर खिंचने लगता है, उसी प्रकार जब जीव अविरत प्रार्थना और पश्चात्ताप के आँसुओं से इस संसार बंधन में डालने वाली माया के पंख को धो डालता है तो वह तेजी से ईश्वर की ओर खिंचता जाता है।

जीवात्मा और परमात्मा का योग किस प्रकार का होता है? यह वैसा ही है, जैसे घड़ी का छोटा काँटा और बड़ा काँटा। दोनों घंटे में एक बार मिलकर एक

हो जाते हैं। जीवात्मा और परमात्मा दोनों का परस्पर संबंध तथा अन्योन्याश्रित है। यद्यपि साधारणतया दोनों वियुक्त प्रतीत होते हैं, तथापि अनुकूल अवस्था के प्राप्त होते ही वे युक्त होकर एक हो जाते हैं।

मायापाश में बद्ध आत्मा 'जीव' है, पाशमुक्त आत्मा ही 'शिव' (ईश्वर) है।

जीवात्मा और परमात्मा का संबंध किस प्रकार का है? जिस प्रकार जलप्रवाह में एक पटिया अड़ा देने से जल के दो भाग हो जाते हैं, उसी प्रकार अखंड परमात्मा माया की उपाधि के कारण जीवात्मा और परमात्मा के रूप में द्विधा-विभक्त हुआ सा प्रतीत होता है।

पानी और बुलबुला वस्तुतः एक ही हैं। बुलबुला पानी में ही उत्पन्न होता है, पानी में ही रहता है और अंत में पानी में ही समा जाता है। उसी प्रकार जीवात्मा और परमात्मा वस्तुतः एक ही है। उनमें अंतर केवल उपाधि के तारतम्य का है। एक सांत-सीमित है तो दूसरा अनंत-असीम; एक आश्रित है तो दूसरा स्वतंत्र।

जीव के अस्तित्व की कल्पना वैसी ही है, जैसे कोई गंगा का कुछ भाग धर ले और कहे कि यह हमारी निजी गंगा है!

पारे के सरोवर में यदि शीशे का एक टुकड़ा छोड़ दिया जाए तो वह भी पारा बन जाता है। उसी प्रकार, ब्रह्मसागर में मग्न होकर जीव अपने सीमित अस्तित्व को खोकर ब्रह्मरूप हो जाता है।

ईश्वर अनंत है और जीव शांत। भला शांत जीव अनंत ईश्वर की धारणा कैसे कर सकता है? यह तो मानो नमक की गुड़िया का समुद्र की गहराई नापने का-सा प्रयास है। नमक की गुड़िया समुद्र की गहराई की थाह लेने ज्यों ही पानी में उतरी, त्योंही घुलकर विलीन हो गई। उसी प्रकार, जीव भी ईश्वर की थाह लेने, उन्हें जानने के लिए जाकर अपना पृथक् अस्तित्व खो बैठता है तथा ईश्वर के साथ एकरूप हो जाता है।

ईश्वर स्वयं ही मनुष्य के रूप में लीला करते हैं। वे बड़े जादूगर हैं। यह जीव-जगत्-रूपी इंद्रजाल उन्हीं के जादू का खेल है। केवल जादूगर ही सत्य है और जादू मिथ्या।

मनुष्य की देह मानो एक हाँड़ी है और मन, बुद्धि, इंद्रियाँ मानो पानी, चावल और आलू। हाँड़ी में पानी, चावल और आलू छोड़कर उसे आग पर रख देने से वे तप्त हो जाते हैं और कोई अगर उन्हें हाथ लगाए तो उसका हाथ जल जाता है।

वास्तव में जलाने की शक्ति हाँड़ी, पानी, चावल या आलू में से किसी में नहीं है, वह तो उस आग में है; फिर भी उससे हाथ जलता है। इसी प्रकार, मनुष्य के भीतर विद्यमान रहने वाली ब्रह्मशक्ति के कारण ही मन, बुद्धि, इंद्रियाँ कार्य करती हैं, और जैसे ही इस ब्रह्मशक्ति का अभाव हो जाता है, वैसे ही ये मन, बुद्धि, इंद्रियाँ निष्क्रिय हो जाती हैं।

□

जीव तथा बंधन

जीव वास्तव में सच्चिदानंद स्वरूप है, किंतु अहंभाव के कारण वह विभिन्न उपाधियों में उलझकर अपने यथार्थ स्वरूप को भूल बैठा है।

एक-एक उपाधि आती है और जीव का स्वभाव बदल जाता है। किसी ने शौकीनों की तरह काली धारीदार धोती पहनी कि देखना, उसके मुँह से निबुबाबू के प्रेमगीतों की धुन अपने आप निकल पड़ती है। बूट-जूता चढ़ाते ही दुबला-पतला आदमी भी फूलकर कुप्पा हो जाता है; मुँह से सीटी बजाने लगता है, सीढ़ियाँ चढ़नी हों तो साहबों की तरह उछल-उछलकर चढ़ता है! मनुष्य के हाथ में यदि कलम रहे तो उसका गुण ही ऐसा है कि सामने चाहे जैसा भी कागज का टुकड़ा क्यों न पड़ जाए, वह उसी पर कलम घिसने लग जाता है।

जिस प्रकार साँप अपनी केंचुली से अलग होता है, उसी प्रकार आत्मा भी देह से अलग होती है।

आत्मा निर्लिप्त है। सुख-दुःख, पाप-पुण्य आदि देह पर ही परिणामकारक होते हैं, आत्मा पर उनका कोई परिणाम नहीं होता। जैसे धुआँ सिर्फ दीवारों को ही काला करता है, दीवारों के बीच अवस्थित आकाश पर उसका कोई परिणाम नहीं होता।

वेदांतवादी कहते हैं कि आत्मा पूर्ण निर्लिप्त है। सुख-दुःख, पाप-पुण्य आत्मा पर कोई प्रभाव नहीं डाल सकते; किंतु वे देहाभिमानी व्यक्तियों को क्लेश दे सकते हैं। जिस प्रकार, धुआँ दीवार को काला कर सकता है, पर आकाश को कुछ नहीं कर सकता।

सत्त्व, रज और तम के तारतम्य से मनुष्य एक ही है, किंतु अवस्था भेद के अनुसार वे चार दर्जे के होते हैं—बद्ध, मुमुक्षु, मुक्त और नित्यमुक्त।

किसी मछुआरे ने नदी में जाल डाला। जाल में बहुत सी मछलियाँ फँसीं। कुछ मछलियाँ तो जाल में पड़कर एकदम शांत, निश्चेष्ट पड़ी रहीं, उन्होंने

बाहर निकलने की बिल्कुल कोशिश नहीं की; कुछ ने भागने की बहुत कोशिश की, काफी उछल-कूद मचाई, किंतु वे भाग न पाईं; और कुछ किसी तरह कूद-फाँदकर भाग निकलीं। इसी प्रकार, संसार में भी तीन प्रकार के जीव होते हैं—बद्ध जीव, जो कभी मुक्त होने का प्रयत्न नहीं करते; मुमुक्षु जीव, जो बंधन में होते हुए भी मुक्त होने का प्रयत्न करते हैं; और मुक्त जीव, जिन्होंने मुक्ति प्राप्त कर ली है।

तीन गुड़ियाँ हैं—एक नमक की, एक कपड़े की और एक पत्थर की। यदि इन तीनों को समुद्र में डुबो दिया जाए तो पहली बिल्कुल घुल जाएगी, उसके आकार का अस्तित्व ही नहीं रहेगा; दूसरी बहुत सा पानी सोख लेगी, किंतु उसका आकार पूरा नष्ट नहीं होगा; और तीसरी पर पानी का कोई असर नहीं होगा। नमक की गुड़िया मानो मुक्त जीव की प्रतीक है, जो अपने अस्तित्व को विराट् सर्वव्यापी ब्रह्म के अस्तित्व में लीन कर उसके साथ एकरूप हो जाता है; कपड़े की गुड़िया, मानो सच्चे भक्त की प्रतीक है, जो ईश्वरी आनंद और ज्ञान से पूर्ण रहता है; और पत्थर की गुड़िया, मानो बद्ध संसारी जीव की प्रतीक है, जो यथार्थ ज्ञान का एक कणमात्र भी आत्मसात् नहीं करता।

मनुष्य मानो तकिए के गिलाफ जैसे हैं। ऊपर से देखने में कोई गिलाफ लाल, कोई नीला, तो कोई काला होता है, परंतु सभी के भीतर एक ही रुई है। उसी प्रकार, कोई मनुष्य देखने में सुंदर है, तो कोई काला, कोई सज्जन है तो कोई दुष्ट, किंतु सबके भीतर एक ही परमात्मा विराजमान है।

सभी गुझियाँ ऊपर से एक ही मैदे की बनी होती हैं, पर उनके भीतर अलग-अलग किस्म की पिट्ठी होती है—किसी के भीतर नारियल की, तो किसी में खोवे की। पीठी के भेद से गुझियों के प्रकार भिन्न हो जाते हैं। उसी प्रकार सभी मनुष्य एक ही उपादान से निर्मित होते हुए भी अंत:करण की पवित्रता के तारतम्य से गुण में भिन्न हो जाते हैं।

यद्यपि ब्राह्मण के घर जन्म लेने से सभी ब्राह्मण होते हैं, तथापि उनमें कोई बड़े पंडित बनते हैं, तो कोई पुजारी होते हैं, कोई रसोई बनाते हैं, तो कोई वेश्याओं के दरवाजों पर लोटते रहते हैं।

यह ठीक है कि बाघ के भीतर भी परमेश्वर विद्यमान है, पर इस कारण उसके सामने नहीं चले जाना चाहिए। उसी प्रकार, यद्यपि अत्यंत दुर्जन व्यक्तियों के भीतर भी ईश्वर विराजमान है, तथापि उनकी संगति करना उचित नहीं।

यह सत्य है कि सभी जल नारायणस्वरूप है, किंतु सभी प्रकार का जल पीने लायक नहीं होता। उसी प्रकार, यह सत्य है कि सभी जगह ईश्वर का वास है, फिर भी सभी स्थान जाने योग्य नहीं होते। किसी जल में सिर्फ पैर धोए जा सकते हैं, किसी में मुँह धोया जा सकता है, कोई जल पिया जा सकता है, तो कोई स्पर्श तक नहीं किया जा सकता। इसी प्रकार, किसी स्थान में ठहरा जा सकता है, कहीं देखने भर के लिए जाया जा सकता है, और किसी-किसी स्थान को तो दूर से ही दंडवत् करके भाग जाना पड़ता है।

जो आदमी बहुत ज्यादा बड़बड़ करता है, जो सब बातें पेट में ही छिपाकर रखता है, जो कान में तुलसीपत्र लगाकर धार्मिकता का ढोंग रचता है। जो औरत बहुत लंबा घूँघट काढ़ती है, और जिस तालाब में काई छा गई हो, उसका ठंडा जल, ये सब बहुत हानिकारक होते हैं। इनसे सावधान रहना चाहिए।

□

मृत्यु तथा पुनर्जन्म

संसारासक्त बद्धजीव मृत्यु के समय भी संसार की ही बातें करता है। बाहर माला जपने, गंगा नहाने और तीर्थयात्रा करने से क्या होगा? भीतर संसार के प्रति आसक्ति हो तो मृत्यु के समय वह अवश्य प्रकट होती है। इसी कारण, बद्ध जीव उस समय कितनी ही आलतू-फालतू बातें बकता रहता है। तोता वैसे तो 'राधाकृष्ण' रटता है, पर जब बिल्ली पकड़ती है तो अपनी स्वाभाविक बोली में 'टें-टें' कर चिल्लाने लगता है।

ईश्वर में भक्ति-विश्वास नहीं है, इसीलिए तो जीव को इतना कर्मभाग भोगना पड़ता है। जिससे देह त्यागते समय मन में ईश्वर का चिंतन चले, इसके लिए पहले से ही उपाय करना चाहिए। वह उपाय है—अभ्यास-योग। यदि जीवन भर ईश्वर-चिंतन का अभ्यास किया जाए तो अंत समय में भी मन में ईश्वर का ही विचार आएगा।

ठीक मृत्यु के समय मनुष्य जो कुछ सोचता है, उसी के अनुसार उसका अगला जन्म होता है; इसीलिए साधना की अत्यंत आवश्यकता है। निरंतर अभ्यास करते हुए जब मन सब तरह की सांसारिक चिंताओं से मुक्त हो जाता है तो उसमें सब समय केवल ईश्वर का ही चिंतन होने लगता है, फिर तो मृत्यु के समय भी वह नहीं छूटता।

अगर कच्ची मिट्टी की हाँड़ी फूट जाए तो कुम्हार उस मिट्टी से फिर नई हाँड़ी बना सकता है, किंतु पकी हुई हाँड़ी के फूट जाने पर ऐसा नहीं किया जा सकता। इसी प्रकार, अज्ञान-अवस्था में मृत्यु होने से मनुष्य को फिर जन्म लेना पड़ता है, किंतु ज्ञानाग्नि में अच्छी तरह पक जाने के बाद यदि मृत्यु हो तो उसका पुनर्जन्म नहीं होता।

सिद्ध (भुना हुआ) धान बोने से अंकुर नहीं निकलता, असिद्ध (बिना भुने) धान से ही अंकुर आते हैं। इसी प्रकार 'सिद्ध' होकर मरने से मनुष्य को फिर जन्म नहीं लेना पड़ता, परंतु यदि वह 'असिद्ध' अवस्था में मरे तो उसे बार-बार जन्म लेना पड़ता है। □

ब्रह्मशक्ति माया

माया और ब्रह्म, मानो चलता हुआ साँप और स्थिर पड़ा हुआ साँप हैं। अर्थात् शक्ति क्रियाशील अवस्था में माया है और निष्क्रिय अवस्था में ब्रह्म। जैसे समुद्र का जल कभी स्थिर होता है तो कभी तरंगपूर्ण, वैसे ही ब्रह्म और माया हैं। शांत समुद्र मानो ब्रह्म है और तरंगायित अवस्था में माया।

ब्रह्म और उसकी शक्ति, मानो अग्नि और उसकी दाहक शक्ति के समान हैं।

सृष्टि के लिए शिव तथा शक्ति दोनों की आवश्यकता है। कुम्हार सूखी मिट्टी से घड़ा नहीं बना सकता, उसे पानी भी चाहिए। इसी प्रकार शक्ति की सहायता के बिना केवल शिव के द्वारा सृष्टि नहीं हो सकती।

माया को देखने की इच्छा से प्रार्थना करते हुए, एक दिन मुझे इस प्रकार का दर्शन हुआ—एक छोटा सा बिंदु धीरे-धीरे बढ़ते हुए, एक बालिका के रूप में परिणत हुआ; बालिका क्रमशः बड़ी हुई और उसके गर्भ हुआ; फिर उसने एक बच्चे को जन्म दिया और साथ-ही-साथ उसे निगल गई। इस प्रकार उसके गर्भ से अनेक बच्चे जनमते गए और वह उन सबको निगलती गई। तब मेरी समझ में आया कि यही माया है।

साँप के दाँतों में विष है, लेकिन उस पर विष का असर नहीं होता; किंतु जब वह दूसरे को काट खाता है तो उस व्यक्ति पर विष चढ़ जाता है। इसी प्रकार, भगवान् में माया है तो अवश्य, पर वह उन्हें मुग्ध नहीं कर सकती, किंतु सारे संसार को मुग्ध कर लेती है।

□

विद्या-माया

ईश्वर में विद्या-माया और अविद्या-माया दोनों हैं। विद्या-माया जीव को ईश्वर की ओर ले जाती है और अविद्या-माया उसे ईश्वर से दूर। ज्ञान, भक्ति, दया, वैराग्य—यह विद्या-माया का ही खेल है। इन्हीं का आश्रय ले मनुष्य ईश्वर के समीप पहुँच सकता है।

माया ही ब्रह्म का स्वरूप प्रकट कर देती है। माया की कृपा हुए बिना ब्रह्म को कौन जान सकता है? ईश्वर की शक्ति का ज्ञान हुए बिना ईश्वर का ज्ञान नहीं हो सकता।

माया के ही कारण हमें परमज्ञान और परमानंद ही प्राप्ति हो सकती है। वरना इनकी तो सपने में भी आशा नहीं की जा सकती। माया से ही कार्य-कारणरूप द्वैतप्रपंच का उदय होता है। माया के परे जाने पर न भोक्ता रह जाता है, न भोग्य विषय।

बिल्ली जब अपने बच्चे को दाँतों से पकड़ती है तो उसे कुछ नहीं होता, लेकिन जब वह चूहे को पकड़ती है तो चूहा मर जाता है। इसी तरह, माया भक्त को नष्ट नहीं करती, भले ही वह दूसरों का विनाश कर डालती है।

माया क्या है? यह काम या भोगासक्ति ही है, जो आध्यात्मिक उन्नति में विघ्नस्वरूप है।

कामिनी ही मानो माया है, जिसने सबको ग्रस्त कर लिया है!

सांसारिक जाल में फँसे हुए जीव विषयासक्ति के कारण हजारों दुःख-कष्ट भोगते हैं, किंतु फिर भी वे कामिनी-कांचन के मोह को छोड़कर भगवा में मन नहीं लगाते।

"कज्जल के घर में जित्ता सियान हो,
थोड़ा बूँद लागे पर लागे।

युवती के साथ में जित्ता सियान हो,
थोड़ा काम जागे पर जागे॥"

धुएँ से भरी काली कोठरी में तुम चाहे जितनी सावधानी क्यों न बरतो, तुम्हारे बदन में कुछ-न-कुछ दाग लग ही जाता है। वैसे ही स्त्रियों के संग रहकर मनुष्य कितनी भी सावधानी और संयम क्यों न बरते, उसमें थोड़ा-न-थोड़ा कामभाव अवश्य जागता है।

अगर किसी व्यक्ति को कठिन ज्वर से सन्निपात हो गया हो और उसके पास आचार की बरनी तथा ठंडे पानी का घड़ा रख दिया गया हो, तो ऐसी हालत में जब वह प्यास से तड़प रहा है, उसके लिए अचार चखने और पानी पीने का लोभ सँभालना क्या कभी संभव हो सकता है? इसी प्रकार, जिसे काम का तीव्र ज्वर चढ़ा हुआ है और विषय-भोगों की प्रबल तृष्णा लगी हुई है, ऐसे संसारी जीव को अगर कामिनी और कांचन के आकर्षण के बीच रखा जाए तो वह अपनी वासना कैसे रोक सकेगा? वह भगवद्‌भक्ति के पथ से अवश्य ही दूर चला जाएगा।

एक बार किसी धनवान मारवाड़ी भक्त ने श्रीरामकृष्णदेव के पास आकर कहा, "महाराज, मैंने सबकुछ त्याग दिया है, फिर भी मुझे भगवान् के दर्शन क्यों नहीं होते?"

इस पर श्रीरामकृष्णदेव बोले, "तुम तेल के पीपे जानते हो न? सारा तेल निकालकर पीपा खाली कर डालने पर भी उसमें थोड़ा सा तेल रह जाता है और उसमें तेल की गंध आती रहती है। वैसे ही तुम्हारे अंदर अभी भी कुछ विषयासक्ति शेष रह गई है और उसकी गंध आ रही है।"

कामिनी-कांचन ही मनुष्य को संसार में डुबोए रखते हैं, ईश्वर की ओर जाने नहीं देते। कितने अचरज की बात है कि सभी लोग अपनी पत्नी की तारीफ ही करते हैं, चाहे वह भली हो या बुरी!

जिस प्रकार बंदर शिकारी के पैरों तले अपने प्राण न्योछावर कर देता है, उसी प्रकार मनुष्य सुंदर स्त्री के पैरों तले अपनी जान कुरबान कर देता है।

□

अविद्या-माया

एक बार दक्षिणेश्वर मंदिर के नौबतखाने में एक साधु आकर कुछ दिन रहे थे। वे किसी से बातचीत न कर सदा ध्यान धारणा में ही डूबे रहते। एक दिन अचानक बादल उठे और चारों ओर अँधेरा छा गया; फिर थोड़ी ही देर में जोरदार आँधी सी चली और बादलों को उड़ा ले गई। यह देख वे साधु कमरे से बाहर निकलकर बरामदे में खूब हँसने और नाचने लगे। उनकी यह अवस्था देख श्रीरामकृष्णदेव ने उनसे पूछा, "तुम तो हमेशा कमरे के अंदर चुपचाप बैठे रहते हो, आज इतना नाच-नाचकर आनंद कैसे मना रहे हो?" साधु ने कहा, "संसार की माया ऐसी ही है। पहले तो उसका कोई नामोनिशान तक नहीं था, पर एकाएक ब्रह्मरूपी शांत आकाश में प्रकट हो, उसने इस जगत्-प्रपंच का सर्जन कर डाला; फिर ब्रह्म के निःश्वास मात्र से वह जाने कहाँ ओझल भी हो गई।"

राम, सीता और लक्ष्मण वनवास के लिए निकले। आगे-आगे राम चले, बीच में सीता और पीछे-पीछे लक्ष्मण। राम का सदा पूर्ण दर्शन पाने के लिए लक्ष्मण व्याकुल थे, पर बीच में सीता के होने के कारण यह संभव न था। तब लक्ष्मण ने सीता से प्रार्थना की कि वे तनिक बाजू हट जाएँ; सीता के थोड़ा बाजू हटते ही लक्ष्मण की इच्छा पूरी हुई, उन्हें राम के दर्शन हुए। यही हाल ब्रह्म, माया और जीव का भी है। जब तक माया हट न जाए, तब तक जीव ब्रह्म के दर्शन नहीं पा सकता।

एक साधु हाथ में काँच की नली का एक टुकड़ा लिये दिन-रात उसकी ओर ताकते और हँसते जाते थे। जिस प्रकार उस काँच के भीतर से लाल, नीले, पीले आदि कई रंग दिखाई देते हैं, पर वे सभी मिथ्या हैं, उसी प्रकार यह संसार सत्य प्रतीत होता है, पर है मिथ्या ही—यही सोचकर वे हँसा करते थे।

हरि जब सिंह का मुखौटा लगा लेता है तो सचमुच बड़ा डरावना दिखने लगता है। वह अपनी खेलती हुई छोटी बहन के पास जाकर सिंह की-सी आवाज

करते हुए उसे डराने लगता है, तो वह बच्ची चौंककर डर के मारे चीखती हुई भागने लगती है। लेकिन जब हरि वह मुखौटा हटा लेता है तो तुरंत वह घबड़ाई हुई बच्ची अपने भाई को पहचानकर उसकी ओर चिल्लाती हुई दौड़ पड़ती है, "अरे, ये तो भैया हैं!" मनुष्यों का भी यही हाल है। माया के आवरण में ब्रह्म ही छिपा हुआ है, फिर भी माया की शक्ति से लोग मुग्ध और भयभीत होकर कितनी ही चीजें करने को विवश हो जाते हैं, लेकिन जब ब्रह्म के स्वरूप पर से यह माया का परदा हट जाता है, तब वह भयंकर, कठोर शासक के रूप में प्रतीत नहीं होता। तब तो अपनी ही प्रियतम अंतरात्मा के रूप में उसका अनुभव होता है।

ईश्वर यदि सर्वत्र विराजमान है तो हम उसे देख क्यों नहीं पाते? काई से ढके तालाब के किनारे खड़े होकर देखने पर तुम्हें उसमें पानी नहीं दिखाई देगा। अगर तुम पानी देखना चाहते हो तो तालाब पर से काई हटा दो। माया के परदे से ढकी हुई आँखों से देखकर तुम लोग कहते हो कि हमें ईश्वर क्यों नहीं दिखाई देता? अगर तुम ईश्वर को देखना ही चाहते हो तो आँखों पर से माया का परदा हटा डालो।

जिस प्रकार बादल सूरज को ढक देता है, उसी प्रकार माया ने ईश्वर को ढक रखा है। बादल के हटते ही सूरज दिखने लगता है, वैसे ही माया के दूर होते ही ईश्वर प्रकट हो जाता है।

किंवदंती है कि अगर दूध में पानी मिला हो तो हंस उसमें से दूध भर पीकर पानी को वैसा ही छोड़ देता है। पर दूसरे पक्षी ऐसा नहीं कर सकते। इसी प्रकार, ईश्वर माया के साथ मिला हुआ है। साधारण मनुष्य उसे माया से अलग कर देख नहीं पाते, केवल जो परमहंस होते हैं, वे ही माया को त्यागकर ईश्वर को ग्रहण करते हैं।

यदि तुम माया को पहचान लो तो वह स्वयं ही तुम्हें छोड़कर भाग जाएगी। जैसे गृहस्थ यदि जान जाए कि घर में चोर आया है तो चोर अपने आप भाग जाता है।

□□□